Wilhelm Pfitzer

Pfitzer, Wilhelm: Samen und Pflanzen 1872

Antigonos

Wilhelm Pfitzer

Pfitzer, Wilhelm: Samen und Pflanzen 1872

Unveränderter Nachdruck der Originalausgabe von 1872.

1. Auflage 2024 | ISBN: 978-3-38632-630-8

Antigonos Verlag ist ein Imprint der Outlook Verlagsgesellschaft mbH.

Verlag: Outlook Verlag GmbH, Zeilweg 44, 60439 Frankfurt, Deutschland info@outlook-verlag.de
Vertretungsberechtigt: E. Roepke, Zeilweg 44, 60439 Frankfurt, Deutschland
Druck: Libri Plureos GmbH, Friedensallee 273, 22763 Hamburg, Deutschland

1872.

Preis-Verzeichniss

über

Samen und Pflanzen

von

Wilhelm Pfitzer,

Kunst- und Handelsgärtner

in Stuttgart,

Militärstrasse 74.

Bemerkungen.

Das Verzeichniss enthält in Bezug auf **Gemüsesamen** alles dasjenige, was für Küche und Haushaltung sich als vorzüglich bewährt hat. Bei den **Blumensamen** sind nur diejenigen Gattungen und Varietäten aufgeführt, die entweder blumistischen oder decorativen Werth zur Ausschmückung unserer Gärten haben.

Das **Pflanzenverzeichniss** enthält ausser meinem prachtvollen Sortimente von **Rosen** und **Dahlien** sowohl das Neueste, wie das empfehlenswertheste Aeltere in Topf- und Freilandpflanzen; ebenso meine reichhaltigen Collectionen von **Chrysanthemum, Heliotropien, Lantanen , Lobelien, Fuchsien, Pelargonien, Phlox, Pensées, Petunien, Pentstemon, Verbenen**, ebenso **Ziersträucher, Beerenfrüchte** und **Bäume.**

Die **Preise** sind in Vereinswährung im **52½ fl.** Fuss, der Gulden zu 60 Kreuzer gestellt. 1 Gulden Oesterreichisch in Silber ist gleich 70 Kreuzer, ein preussischer Thaler gleich 105 Kreuzer, Gold und Papier werden nach dem Cours berechnet.

Briefe und Gelder werden **portofrei** erbeten, und da ich ebenfalls **alle Briefe und Avise frankiren werde, bitte ich es nachsichtig aufzunehmen, wenn ich unfrankirte Briefe zurückgehen lasse.** Mir unbekannte Personen, mit denen ich nicht in Geschäften stehe, sind höflichst gebeten, den Betrag der Bestellung baar beizufügen oder mir Postnachnahme zu erlauben. Für alle österreichische Staaten wird wegen des wechselnden Courses keine Nachnahme bezahlt, und bitte ich **desshalb** die verehrten Abnehmer von dort, den Betrag ihrer Bestellung beizufügen.

Für Verpackung, die unter meiner eigenen Leitung mit gewohnter Sorgfalt geschieht, werden nur die eigenen Auslagen berechnet, es reisen jedoch die Pflanzen auf Rechnung und Gefahr der Herren Besteller. Um aber Emballage und Frachtkosten zu erleichtern, werde ich bei jeder Bestellung eine angemessene Gratisbeilage beifügen.

Vorzügliche Neuheiten, sowie **ganz besonders Beachtenswerthes** sind mit fetter Schrift gedruckt. Reelle und pünktliche Bezeichnung und Bedienung aller Versendungen wird zugesichert. Ganz besonders bitte ich bei werthen Aufträgen um genaue und deutlich geschriebene Angabe des **Namens** und **Wohnorts,** ebenso um Angabe der nächsten **Post- oder Eisenbahnstation.**

Illustrirte Gartenzeitung.

Allen Gärtnern und Blumenfreunden empfehle ich die hier in der E. Schweizerbart'schen Verlagshandlung erscheinende »Illustrirte Gartenzeitung«, eine monatliche Zeitschrift für Gartenbau und Blumenzucht, welche jedem Gartenfreund, sowohl durch die vorzüglichen getreu nach der Natur gezeichneten und in Oelfarbendruck ausgeführten Abbildungen der neuesten Erscheinungen, als durch das Wissenswertheste in allen Theilen der praktischen Gärtnerei willkommen sein dürfte. Zugleich erlaube ich mir die geehrten Abonnenten dieser nun seit 16 Jahren in den weitesten Kreisen verbreiteten Zeitschrift davon zu benachrichtigen, dass zu dem neuesten Jahrgang 1872 ein prächtiges **Prämienblatt** im schönsten Oelfarbendruck, eine Auswahl der schönsten **Phlox** aus meiner reichen Collection, als Gratiszugabe an die Abonnenten gegeben wird.

Preis jährlich 4 fl. 24 kr. Die Bestellung auf die Illustrirte Gartenzeitung ist bei Vorauseinsendung des Betrages von 4 fl. 24 kr. bei jeder Buchhandlung oder dem nächstgelegenen Postamte zu machen.

Die geehrten Empfänger dieses Verzeichnisses werden höflichst ersucht, im Falle Sie keinen Gebrauch von diesem Katalog machen wollen, solchen gefälligst bekannten Blumenfreunden mitzutheilen.

Für das mir seit vielen Jahren in so reichem Masse geschenkte Vertrauen ergebenst dankend, werde ich es stets durch reelle und prompte Bedienung zu erhalten suchen.

Von **Mitte Mai** an sind von allen Sorten Sommerflor-Setzlinge in schönen erstarkten Pflanzen von 24 kr. bis 1 fl. per 100 Stück je nach Sorten zum abgeben.

Ueber holländische Blumenzwiebel erscheint ein Katalog im Monat August und steht auf franko Anfragen gerne zu Diensten.

Stuttgart, im Februar 1872.

Wilhelm Pfitzer.

Druck von Sailer & Mollenkopf in Stuttgart.

SAMEN-CATALOG.

*Das Gewicht ist das für Deutschland nunmehr gesetzlich geltende 50 Kilogr.
= 100 Pfd., ½ Kilogr. = 1 Pfd., 100 Gramm = 6⅖ Loth, 20 Gramm =
ungefähr 1¼ Loth. Unter 10 Kilogr. tritt der Kilogr.-Preis, unter 100 Gramm
= ⅕ Pfd. tritt der Gramm-Preis und unter 5 Gramm der Portionen-Preis ein.*

1. Gemüse-Samen.

**Die feineren Gemüse, sowie diejenigen Samen, die nur in hiezu geeigneten Gegenden des In-
und Auslandes gedeihen, sind ohne Rücksicht auf Kosten, stets von den mir zuverlässig be-
kannten Züchtern bezogen. Die Keimkraft meiner Samen verbürge ich bei Topfproben auf
Monatsfrist.
Bei der im September 1870 hier abgehaltenen Gartenbau-Ausstellung wurde mein reichhaltiges
Sortiment von Gemüsen und Kartoffeln mit einem Preise gekrönt.**

1. Kohlarten.

Blumenkohl oder Karviol.

Brassica oleracea botrytis cauliflora.

20 Gramm kr.

Asiatischer, grosser, später, fester . 32
Berliner, früher grosser fester Treib 1 fl. 12
Cyprischer, früher, groser, fester . 32
Dycker, mittelfrüh, vorzügl. fester . 40
Englischer, früher, feiner 32
Erfurter, grosser, weisser, früher,
   extra . . . . 1 fl. 12
— schneeweisser Zwerg, vorzüg-
   lichste Sorte für Frühbeete zum
   Treiben . . . . . . à Port. 30
— Zwerg, vorzüglich früher ins Land
                1 fl. 12
Frankfurter Riesen, gross und spät,
   vorzüglich, schneeweisser, fester
             à Port. 30
Lenormand, mittelfrüh, extra fester
   grosser . . . . à Port. 30
— Zwerg, niedrig, mittelfrühe, vorzüglich feste Sorte . . à Port. 30
Neapolitanischer Riesen, ganz neue
   mittelfrühe, schneeweisse, feste,
   feinschmeckende u. ausserordentlich grosse und haltbare Sorte
             à Port. 30
— grösste, **späte,** schneeweisse, feste
   und feinschmeckende Sorte à Port. 30
Pariser oder **Salomon,** gross, schneeweiss, als früh und spät eine der
   vorzüglichsten Sorten . . 1 fl. 36

20 Gramm kr.

Standholder, später, grosser weisser 40
Walchern, sehr frühe feine Sorte . 40

Brockoli oder Spargelkohl.

Brassica oleracea botrytis cymosa.

Violetter, französischer 12
Weisser, italienischer 12
— **Mamouth,** schönster und bester 24
Meer- oder Seekohl, Crambe maritima 12

Kraut oder Kopfkohl.

Brassica oleracea capitata.

Angelberger, mittelfrühes, rundes . 10
Braunschweiger, grosses, weisses,
   plattes ächtes 12
Chou pain, früh, Zuckerhut . . . 12
Erfurter, frühes, festes, kleines . . 12
— mittelgrosses festes 12
Johanni, sehr früh, niedriges, fest . 10
Enfield, ausgezeichnet und früh . . 12
Magdeburger, grosses, weisses, plattes,
   vorzüglich 10
Münsterländer, frühestes, niedriges . 12
Schwäbisch, spitzig Filder, ächt
   zartestes u. bestes zum Einmachen 8
Schweinfurter, allergrösstes, zartes,
   frühes 32
Strassburger, Centner, grosses . . 10
Ulmer, grosses, spätes Centner . . 10
Winnigstädter, grosses weisses spitzes 10
Yorker, sehr frühes, niedriges . . 8

20 Gramm kr. | | 20 Gramm kr.

Zucker oder Maispitz, sehr früh . . 10
Rothkraut, Erfurter, frühes, festes 16
— Holländisch, feines, schwarzrothes 10
—   »   feines, dunkelrothes 10
— Ulmer, blutrothes, festes . . . 12
— Utrechter, kleines, festes, schwarz-
     rothes Salat 10

Wirsing oder Savoyerkohl.
Brassica oleracea bullata.

Blumenthaler, gelber Savoyer . . 8
Chou Marcelin, niedrig., ausdauernder 10
Capischer, fein gekrauster 10
Drumhead'scher, engl. Trommelkopf 10
Ulmer, früher, fester, vorzüglich, ächt 12
— mittelfrüher, fester, ächt . . . 12
— grosser, später, fester, ächt . . 12
Wiener, frühester, niedriger, vorzüg-
     lich zum Treiben, extra . . . 10
Von Vertus, allergrösster, später
     Centner, vorzüglich feste und sehr
     grosse Sorte 10

Sprossen oder Rosenkohl.
Brassica oleracea bullata gemmifera.

Brüsseler, hoher mit geschlossenen
     Köpfen 10
— Zwerg, neuer verbesserter . . 10

Blätter-Kohl.
Brassica oleracea acephala.

Grüner, niedriger, krauser Winter . 4
Dippe's, feingekrauster, niedriger,
     grüner, extra schöne Sorte . . 8
Blauer niedriger 4
Plumagen, bunter Federkohl . . . 18
— feinkrauser mit weisser Feder à Port. 6
—   »   » rother Feder » » 6
Neapolitanischer, feinkrauser à Port. 6
Palmbaumkohl 6

Schnitt- oder Frühlingskohl
     brauner à Pfd. 40 kr. 4
     grüner à Pfd. 48 kr. 4
     mit Blumenkohlblatt . . . 6

Kohlraben.
Brassica oleracea congylodes.

Wiener, kleinkräutige, früheste,
     weisse, extra feine 12
Wiener, kleinkräutige, früheste, blaue,
     extra feine 12
Dippe's früheste feinblättrige vor-
     züglichste Treibsorte . à Port. 12
Englische, frühe, weisse, extra . . 8
— frühe, blaue, extra 8
— mittelfrühe, weisse 6
—   »   blaue 6
Ulmer, grosse, späte, weisse . . . 6
— späte, blaue 6
Artischokenblättrige, feine . . . 16
Neue blaue Riesen 20
— **weisse** Riesen 20

Beide letzten Sorten sind besonders zur
Aufbewahrung im Winter als die vorzüg-
lichsten zu empfehlen, da sie noch im
Frühjahr wie frische Kohlraben schmecken.

Erdkohlrabi oder Kohlrüben.
Brassica Napus rapifera.

Weisse, grosse, glatte à Pfd. 40 kr. 4
Goldgelbe, grosse, feine, platte
                 à Pfd. 48 kr. 4
Gelbe, glatte, feine Schmalz à Pfd. 1 fl. 4
Gelbe, rothgrauköpfige, grosse,
     glatte englische Riesen à Pfd. 48 kr. 4
Gelbe, grünköpfige Riesen » » 48 kr. 4
Weisse, rothgrauköpfige Riesen
                 à Pfd. 48 kr. 4
Gelbe grosse Skirving, neue englische 4
Grosse weisse pommernsche Kannen,
     eine sehr ergiebige Sorte . . . 6

2. Radies und Rettige.

Radies und Rettige.
Raphanus sativus praecox minor.

Monat, runde, rosenrothe, frühe . . 4
— runde rosenrothe mit weissem
     Wurzelende 6
— runde scharlachrothe, frühe, klein-
     krautige, vorzüglich 6
— runde weisse, früheste holländische 4
— runde, gelbe, feine, neue . . . 4
— schwarze runde 6

Monat, Wood's, lange rothe fürs Land
     wie zum Treiben gleich vorzüglich 6
Obige 6 Sorten sind zur ersten Aussaat
die frühesten.

Monat, halblange, rosenrothe mit weis-
     sem Wurzelende, gute und für die
     Tafel sehr dekorative Sorte . . 6
— halblange, scharlachrothe 6
Radies von Madras, mit essbaren
     langen Schoten 24
— **Ächte Mougri,** von Java, mit

20 Gramm kr.

Schoten bis zu 3 Fuss Länge. Der Samen wird etwa 2' weit von einander gesteckt; die jungen Schoten werden wie Radies verspeist.

25 Korn 12

Rettige.

Raphanus sativus major.

Mai oder 2 Monat Wiener, gelber	4
— rother »	6
— früher, grauer, extra schön	6
— früher, schwarzer	6
— **Stuttgarter** neuer weisser Treib, vorzüglich für Frühbeete	6
— Stuttgarter, neuer, frühester, weisser, runder	6
— Stuttgarter allerfrühester, langer, weisser, vorzüglich	6

Drei vorzügliche neue Sorten, die gleich nach den Monatrettigen kommen und wegen ihrer Feinheit und ihres raschen Wuchses sehr empfehlenswerth sind.

20 Gramm kr.

Sommerrettig, weisser Stuttgarter, kleinkrautig, früh und sehr zart	6
Sommerrettig, Stuttgarter früher weisser **Riesen**	12

Ausgezeichnete grosse, frühe, neue Sorte, die wegen dem grösseren Kraut nicht eng gesteckt werden darf, schiesst sehr schwer und ist selbst geschossen noch fein schmeckend.

— weisser, Augsburger, mittelfrüh, zart	6
— weisser, Nürnberger	4
— grauer, früher	6
— rother, grosser Ulmer	6
— rother, feiner Carlsruher	6
— Ulmer, grosser, schwarzer	4
Winterrettig, Erfurter, langer, grosser weisser	4
— Erfurter, langer, grosser, schwarzer	4
— » runder, schwarzer	4
— grauer langer Riesen, vorzüglich	6
— Baskiren, neue, lange, weisse	6
— neue chinesische rosenrothe	10

3. Wurzel- und Rüben-Samen.

Carotten oder Möhren.

Daucus Carota sativa.

Pariser, sehr kurze, stumpfe, früheste, rothe, vorzüglich für's Frühbeet. à Pfd. 2 fl. 36 kr.	8
— kurze, dicke, rothe, früheste in's Land à Pfd. 2 fl.	6
— frühe feine Douwicker, kurze rothe Treib	6
Holländische, kurze, frühe, rothe à Pfd. 1 fl. 48 kr.	6
— halblange, frühe rothe à Pfd. 1 fl. 36.	4
Von Nantes, rothe, frühe, halblange, stumpfe, ausgezeichnete Sorte	6
Altringham, feine, rothe, lange	4
Horn'sche feuerrothe	4
Braunschweiger, grosse, lange, rothe à Pfd. 48 kr.	4
Saalfelder, hellgelbe	4
Grosse lange, rothgelbe à Pfd. 48 kr.	4
Riesenmöhren, grosse, dicke, weisse, grünköpfige à Pfd. 36 kr.	4
— grosse, dicke, rothe, grünköpfige	4

Cichorien-Wurzel.

Cichorium Intybus.

Magdeburger, ächte, dicke à Pfd. 1 fl.	4
Forellen, buntblättrige, neue verbesserte	6

Von letzter Sorte werden die Knollen im Winter in einer Kiste in Erde eingepflanzt, in einem geheizten Lokal oder in einem warmen Keller, an einem finstereu Orte angetrieben und die Blätter als feinschmeckender gesunder Salat im Winter verspeist.

Petersilien-Wurzel.

Petroselinum sativum.

Weisse, dicke, lange Wurzel	4
Gewöhnliche Wurzel	2
Italienische neue Riesen	4
Feinkrause, gefüllte	4
» dreifachgefüllte Zwerg	4
Englische, feinkrause von Smitt	4

Scorzonere oder Schwarzwurzel.

Scorzonera hispanica.

Gewöhnliche, lange à Pfd. 1 fl. 36.	4
Neue russische Riesen, erreichen im ersten Jahre die Grösse unserer gewöhnlichen des zweiten Jahres à Pfd. 3 fl.	8

Sellerie.

Apium graveolens.

Kleinkräutiger, grosser Knollen	6
Erfurter, extra grosser Knollen	8
Bamberger, grosser Knollen	6
Colés new Crystal, weisser, z. Bleichen	8
Naumburger Riesenknollen, extra	12

 |

Speise-Rüben.

Brassica rapa hortensis.

Finnländische, früheste, runde, gelbe	4
Mairüben, früheste, runde, gelbe .	4
— früheste, runde, weisse	4
Bortfelder, lange, gelbe	4
Robertsons, goldgelbe, runde . . .	4
Teltower, ganz kleine zum Einmachen	6
Ulmer, lange, weisse, rothköpfige à Pfd. 36 kr.	3
Körbelrüben, Scandix bulbosa . .	6

Salat-Rüben.

Beta vulgaris hortensis.

Whytes, neue, kleine, kurzlaubige, schwarzrothe, feinschmeckende, à Pfd. 1 fl.	4
Platte, rothgeringelte, süsse, von Bassano	4
Egyptische, dunkelrothe, platte .	12
Meraner, hellrothe, feine	12
Strassburger, schwarzrothe, schön	6
Pastinaken-Wurzel, grosse, weisse .	3
Rapontika-Wurzel, grosse, gelbe .	4
Zuckerwurzel	6

4. Zwiebel und Lauch.

Zwiebeln. Allium Cepa.

Neue Riesen aus Portugal	8
Strohgelbe, plattrunde Riesen . .	8
Weisse Zephyr von Nocera . . .	16
James, feine, ovale, blassgelbe . .	8
Madeira, grosse, platte, Riesen . .	10
— grosse, rothe, runde	10
Gelbe, grosse, birnförmige	8
Ulmer, grosse, rothe, schärfste, vorzüglich harte à Pfd. 2 fl. 36 kr.	8
Nürnberger, grosse, breite, harte .	8

Braunschweiger, schwarzrothe . .	8
Seeländische, grosse, silberweisse .	8
Winter- oder ewige Schnittzwiebel	8
Steckzwiebeln in den besten Sorten 1000 Stück 1 fl., 100 Stück . .	8
Chalottenzwiebeln, die Liter . . .	30

Lauch. Allium Porrum.

Französischer, früher Sommer . .	6
Dicker, grosser Winter	8
Monströser Riesen	12
Gelber, grosser, von Poitou . . .	8

5. Salat-Arten.

Kopf-Salat.

Lactuca sativa capitata.

Die mit einem * sind frühe Sorten fürs Land. Die mit ** sind die vorzüglichsten Treibsorten im Frühbeet.

*Augsburger, brauner, fester . . .	8
* » gelber, fester . . .	8
Australischer, grosser, feiner rothgerandeter, sehr fest und dauerhaft im Sommer	30
Berliner, grosser, gelber	8
Bossins Riesen, von enormer Grösse, fest und lange dauernd à Port.	12
Bruine geel, frühester, gelber, grosser, fester, vorzüglichste Treibsorte	10
Brüsseler, grosser, gelber	10
Chou de Naples, sehr grosser, neuer	10
*Cyrius, zarter, gelber	8
*Dannhäuser, grosser, früher, vorzüglich	12
Dippe's, neuer festköpfiger, gelber, mit gelbem Korn, sehr zart, gross und lange andauernd . à Port.	12

*Eierkopf, gelber, fester, früher . .	10
Forellen, grosser, roth gesprengter .	10
— englisch, kleiner, blutrother . .	10
— Vollblut, kleiner, extra	12
Mailänder, brauner Kaiserkopf . .	8
Perpignaner, gelb mit röthlichen Kanten, ächte vorzügliche Sorte	16
Riesenmogul, Stuttgarter, grösster und festester, gelber, hält sehr lange ohne zu schiessen, die beste Sorte zur Nachsaat im Sommer.	16
*Schmalzkopf, früher, feiner, zarter, gelber	8
**Steinkopf, gelber, früher	10
** — grüner, früher	10
*Stuttgarter, Kopf, fester, gelber, hiesige Marktsorte	16
Schweizer, grosser, dauerhafter, gelber	10
Trotzkopf, grosser, gelber, festköpfiger	20
— neuer, brauner, sehr fest und gross 1 Port.	12
Westindischer, neuer, sehr grosser .	12
Wheeler's Tom Thumb, frühe, sehr lang in Köpfen andauernde Sorte,	

20 Gramm kr.

vorzüglich zum Treiben wie fürs
    Land 24
Winterkopf, gelber 8
— brauner 8
Kopfsalat, in guten frühen und späten
    Sorten gemischt à Pfd. 1 fl. 36. 6

Stech- oder Lattigsalat.

Lactuca sativa foliosa praecox.

Früher, gelber, runder à Pfd. 1 fl. 4
Gelber, krauser Schnitt 4
Englischer, moosartig gekraust. Schnitt 6

Römischer Bindsalat.

Lactuca sativa romana.

Carters weisser Riesen, sehr gross
    und fest . . . . . : à Port. 12
— brauner Riesen, sehr fest » » 12
Dunetts brauner Riesen » » 12
Pariser, gelber selbstschliessender . 12
— grüner selbstschliessender . . . 12

    Da diese vorzüglichen Salate bei uns
noch weniger gezogen werden, mache ich
darauf aufmerksam, dass sie, wenn solche
ausgewachsen sind, einige Tage vor dem
Verbrauch im Lande leicht gebunden
werden.

Endivien oder Escarol.

Cichorium Endivia.

Ganz fein gekrauste Moos, extra . 12
Pariser, feinkrause, vollherzige . . 12

20 Gramm kr.

Neue von Ruffec, krause vollherzige 12
Feinkrause, italienische 12
Endivien von Meaux, fein krause . 10
Von Natur gelbe krause 10
Escarol, breiter, gelber, früher . . 10
— breiter grüner, vollherzig, später 10
— von Meaux, breiter, grüner . . 10
— grosser weisser Batavia . . . 10

Cichorie. *Cichorium Intybus.*

Buntblättrige Forelle 6
    Wird im Winter in einer Kiste warm
getrieben und liefert einen schmackhaften
Salat.

Spargelsalat. (*Lactuca augustana.*)

Die Stengel werden von dieser Sorte
    benützt und so wie Spargel zube-
reitet 12

Feld- oder Ackersalat.

Valerianella olitoria.

Gewöhnlicher Ackersalat à Pfd. 40 kr. 3
Englischer, breitblättriger 4
Italienischer, breiter à Pfd. 48 kr. . 4

Gartenkresse. *Lepidium sativum.*

Grüne, gewöhnl. einfache à Pfd. 30 kr. 2
Gefüllte, sehr feine krause » 36 kr. 3
Englische, gelbe, breite 3
Indianische oder Kapuzinerkresse
    (Tropaeolum majus) 8

6. Kern-Sorten.

Gurken. *Cucumis sativus.*

Gewöhnliche grüne, reichtragende . 8
Mittellange grüne 8
Lange grüne, englische Schlangen . 10
Grüne, brasilianische Schlangen . . 12
Weisse, sehr frühe, lange Schlangen 12
Russische, frühe, kleine grüne . . 10
    Diese Sorte kann auch als Treibgurke
benützt werden, da sie sehr früh trägt
und viele Früchte ansetzt.

Grüne, kleine Einmach- oder **Trauben** 8
Chines., lange grüne Schlangen . 30
Chinesische, hellgrüne, sehr lange . 30

    Diese beiden neuen Sorten übertreffen
an Feinheit des Geschmacks, reicher
Tragbarkeit und Schönheit alle andern
Freilandsorten. Sie können ebensowohl
fürs freie Land, wie auch zur Frühtrei-
berei benützt werden.

Treibgurken.

à Portion kr.

Arnstädter, grüne Riesenschlangen 6
   » weisse Riesenschlangen 12
Alabaster, weisse Riesen 6
Berliner Schlangen-Treibgurke, sehr
    empfohlen 12
Chinesische, grüne, von 2′ langen
    Früchten 6
— hellgrüne, vorzügliche 2′ lange . 6
Non plus ultra, grüne 6
   » » » weisse 6
Schlangen, 5′ lange 6
Roman Emperor, vorzüglich frühe . 6
Patrix, lange grüne 6
Preis von Quedlinburg 6
Londoner, frühe lange 6
Telegraph, neue frühe 6
Kurzlaubige, neue Treib 6

à Portion kr. | à Portion kr.

	à Portion kr.		à Portion kr.
Schlangen von Athen	6	Beste Sorten gemischt 1 Port.	6
Ruhm von Erfurt	6		
Schottische, zarte	6	**Bier-Kürbisse.** *Cucurbita.*	
Sillings weisse	6		
Neue Riesen-Walzen	12	Gestreifte Birnen. Pilgerflaschen.	
Victory of Bath	6	Grosse Birnen. Grosse Pélerin.	
Nach meiner Wahl 12 Sorten bester		Grosser Türkenbund. Korsische, platte.	
Treibgurken	1 fl. —	Rother Türkenbund. Grosse Apfel.	
		Orangen. Kurfürstenhut.	
Melonen. *Cucumis Melo.*		Apfel, gestreifte. Kleine Stachelbeer.	
Amerikanische, im August im Freien		Grosse Herkuleskeule. Crook neck.	
reifend	6	Kleine Pélerin von China.	
Chito, kleine, volltragend	6	Leucantha longissima.	
Chito, grosse, extra	6	Langenaria longissima.	
Nutmeg, reichtragend u. schmackhaft	6	» gigantea.	
Sammt von Persien	6	Benincasa cerifera, Wachs.	
Melonen, Cantaloupe, sehr grosse holl.	6	— sinensis, chinesische.	
— Prescott, frühe	6	Trichosanthes colubrina, 5' lang.	
— Pariser Glocken, frühe	6	**Melonen Centner,** 180 Pfund schwer,	
— Orangen	6	zum Verspeisen und zur Fütterung.	
Beechwood, grünfleischig, extra	12	Von vorstehenden Sorten à Port. 6 kr.,	
Persische Netz	6	12 Sorten 1 fl., gemischt à Port. 6 kr.	
Zucker von Tours, mit rothem Fleisch	6	20 Gr. 12 kr.	
Weise Cavillon	6		
Carolinische Ananas	6	**Verschiedene Körner.**	
Moscatello	6	20 Gramm kr.	
Frühe Netz, volltragend	6	Artischocken, grosse grüne von Laon	24
Netz von Honfleur	6	— violette grosse	24
Muscat Wassermelone, C. citrullus	6	Cardon, spanischer	12
Nach meiner Wahl 12 vorzügl. Sorten 1 fl. —		— stachlicher von Tours	20

7. Spinat und grüne Gemüse.

20 Gramm kr.		20 Gramm kr.	
Spinat. *Spinacia oleracea.*		Krauser, vorzüglich schöner	6
Rundblättriger Winter à Pfd. 80 kr.	2	Brasilianischer, bunter	4
Breiter Sommer » » 30 kr.	2	Gartenmelde, beste gelbe	6
Savoyer, gelber, neuer	4	Eiskraut, Mesembrianthemum ery-	
Gondry, engl., sehr breit à Pfd. 36 kr.	3	stallinum	20
Neuseeländer (Tetragonia expansa)	4	Sauerampfer, grossblättriger	6
Mangold. *Beta Cicla.*		Rhabarber, **Victoria,** beste englische	
Schweizer, gelber, zarter	4	Sorte zu Compots à Port.	6

8. Erbsen-Sorten.

Pisum sativum hortense.

½ Kilogr. = 1 Pfund kr.		½ Kilogr. = 1 Pfund kr.	
Allerfrüheste Buchsbaum, ¼' hoch		**Laxton's** langschotige, neue, ausge-	
zum Treiben	24	zeichnet ergiebige und vorzüg-	
Bishop's Mai, 1' hoch	20	liche Art	28
Daniel O'Roucke, allerfrüheste, voll-		**Prinz Albert,** 2' hoch, früh und sehr	
tragende, empfehlenswerthe, 2' hoch	24	ergiebig	20
Grünbleibende Folger, 3' hoch, reich-		Früheste franz. Zwerg, 1' hoch	24
tragend, vorzüglichste Sorte zum		**Pariser,** vorzüglich reichtragende,	
Einmachen	24	2' hoch	24

¹/₂ Kilogr. = 1 Pfund kr.

Early Wonder, neue, frühe volltragende, 2' hoch 24
Königin von England, vorzüglich . 36
Ruhm von Cassel, frühe, grossscho-
tige, an Ertragsfähigkeit unüber-
troffene Sorte 36
Veitsch's perfection, vorzüglich . . 36
Paradies-Erbse, neue langschotige,
volltragend, 4' hoch 20

¹/₂ Kilogr. = 1 Pfund kr.

Victoria-Erbse, späte hohe 20
Zuckererbsen, die mit den Schoten
gespeist werden.
— **Neue Riesen,** extra, 4' hoch . . 36
— blaublühende hohe, 4' hoch . . 30
— Zwerg, frühe, niedere 24
— Buchsbaum, ¹/₂' hoch, allerfrüheste 48
— Spargelerbsen 30

9. Bohnen-Sorten.

Phaseolus vulgaris.

Stangen-Bohnen.

¹/₂ Kilogr. = 1 Pfund kr.

Römische. gelbe Wachsspargelbutter 24
Früheste Zuckerbrech, Neuheit, die
früheste aller bis jetzt bekannten
Stangenbohnen, sehr ertragreich 1 fl. 12
Neue grosse, weissschalige Wachs
aus **Algier,** früh, gross und voll-
tragend 36
Neue Riesen-Zucker-Brech mit
wachsgelben Schoten und weissen
Bohnen, vorzüglich reichtragend
und feinschmeckend . . . , . 36
Neue violettschotige ohne Fasern,
auch als schöne Zierpflanze zu
empfehlen . . . . 1 fl. —
Intestin, neue, sehr volltragend und
feinschmeckend, 20 Gr. 12
Schlachtschwert, lange weisse . . 24
Holländische, weisse feinschmeckende 24
Riesenschwert, extra lange und breite,
weisse 36
Speckbohnen mit weissem Korn . . 24
— mit gelbem Korn 24
Arabische bunte Feuerbohne . . . 36
— weisse Feuerbohne 36

¹/₂ Kilogr. = 1 Pfund kr.

Phaseolus ensiformis gigas, Riesen-
stangenbohne . . . . 20 Gr. 12

Zwerg- oder Buschbohnen.

Zwergbohnen, früheste, schwarze
Neger 24
Gelbe, sehr früh engl. Treib . . . 24
Holländische, frühe weisse Treib . 24
Englische breite Zwerg-Schwert . . 24
Flageolet, vorzüglich frühe rothe . 24
Prinzessin-Perl Zwerg 30
Kafferländer, ergiebig 24
Ilsenburger, früheste, volltragende
bunte, zum Treiben, wie für's freie
Land gleich vorzüglich und da diese
Sorte gegen Witterungseinflüsse
sehr unempfindlich ist, für rauhe
Gegenden gleichfalls zu empfehlen 24
Schwanecke's neue Zuckerbrech, feine
dickfleischige 48

Puff- oder Gartenbohnen.

Vicia Faba.

Grosse englische Windsor 24
Füher niedrige Mazagan 24
Johnstone's wundervolle englische . 28

10. Küchen-Kräuter.

20 Gramm kr.

Alant, Inula Helenium 6
Anis, Pimpinella Anisum 3
Basilikum, grosser 6
— kleiner krauser 8
Bohnenkraut, Satureja hortensis . . 6
Boretsch oder Gurkenkraut, Borago
officinalis 4
Coriander, Coriandrum sativum . . 2
Cardobenedicten, Cirsium oleraceum 4
Dill, Anethum graveolens 4
Eierfrucht, Solanum Melongena, weisse 12
— violette Riesen . . . . à Port. 6
Estragon, Artemisia Dracunculus,
Pflanzen 1 St. 6 kr., 12 St. 1 fl. —

20 Gramm kr.

Fenchel, grosser süsser 4
Ysop, Hyssopus officinalis 8
Körbel, gefüllter, Anthriscus Cere-
folium 4
— grosser spanischer 10
Lavendel, Lavendula Spica 8
Liebesapfel, Solanum Lycopersicum,
grosser rother 12
— neuer Grenier's aufrechter à Port. 6
Liebstock 8
Löffelkraut, Cochlearia officinalis . 8
Majoran, Majoranus hortensis . . 12
Melissen, Melissa officinalis . . . 12

	20 Gramm kr.
Petersilie, Petroselinum sativum, einfache	2
— kraus gefüllte	4
— dreifach gefüllte, Zwerg	4
— englische feinkrause von Smitt.	4
Pfeffer, spanischer, Capsicum annuum, langer rother	12
Pimpinell, Poterium Sanguisorba hortensis	4

	20 Gramm kr.
Portulak, Portulaca oleracea, gelber	6
Rosmarin, officinalis . . . à Port.	12
Salbei, Salvia officinalis	10
Senf, Sinapis alba, weisser	3
— brauner	3
Thymian, Winter, Thymus vulgaris	12
Weinraute, Ruta graveolens	6
Wermuth, Artemisia Absinthium	6

11. Landwirthschaftliche Samen.

½ Kilogr. = 1 Pfund kr.

Gras- und Kleesamen.

Aira caespitosa, Rasenschmiele	18
— flexuosa, gebogene ›	18
Agrostis vulgaris, Rasenstraussgras.	20
Avena elatior, franz. Raigras	20
Dactylis glomerata, Knaulgras	24
Festuca rubra, rother Schwingel	18
— duriuscula	18
— ovina	18
— fluitans	27
Holcus lanatus, Honiggras	15
Lolium italicum, italienisches Raigras	20
— perenne, englisches Raigras I. Qual. à Ctr. 22 fl.	15
— › tenue, ächtes ausdauerndes englisches Raigras, vorzüglich zu Gartenanlagen à Ctr. fl. 25.	18
Phleum pratense, Lieschgras	24
Poa nemoralis, Rispengras	36
Gemischte niedrige Grasarten zur Anlegung eines feinen Gartenrasens à Ctr. 20 fl.	15
Gemischte Gräser zur Anlegung von nützlichen Wiesen, beste Sorten I. Qual. à Ctr. 20 fl.	15
Klee, weisser holländischer, Trifolium repens	42

½ Kilogr. = 1 Pfund kr.

Hopfenklee, Medicago Lupulina	15
Esparsette, Hedysarum Onobrychis	15
Riesenklee . . . . . . 20 Gr.	6

Feld- und Oekonomie-Samen.

Runkelrüben, gelbe runde, Oberndorfer . . à Ctr. 30 fl., à Pfd.	20
— lange, neue rothe, Riesenpfahl	20
— lange, gelbe, neue Riesenpfahl	20
— neue Zucker, **Imperial**	15
Feldrüben, lange, weisse rothköpfige	36
Erdkohlrabi, weisse	40
— gelbe, grosse	48
— gelbe, rothgrauköpfige	48
Riesenmöhren, weisse grünköpfige	36
Zuckerhirse, Holcus Sorghum	15
Kanariensamen	18
Hanf, ächter piemontesischer 20 Gr.	12
— ächter chinesischer Riesen ›	12
Mohn, italienischer, Riesen . . ›	6
Tabak, Gundy, grosser, breiter ›	12
— Amersforter . . . . . ›	12
Heracleum sibricum, Futterkraut ›	12

Spargelpflanzen.

Aechte Ulmer 3jähr. starke 100 St.	2 fl. —
Schottische 3jährige, Riesen 100 ›	2 fl. 24

12. Neueste Kartoffel.

Die Einführung neuer Kartoffeln, welche die mehrsten unserer älteren Sorten an Tragbarkeit und Stärkemehlgehalt übertreffen und von den berühmtesten amerikanischen und englischen Züchtern erprobt wurden, sind besonders den Herren Landwirthen wie Privaten zu empfehlen. Der grösste Theil derselben ist der Krankheit weniger unterworfen; ebenso liefern diese sowohl in Quantität wie in Qualität grössere Erträge.

Nro. ½ Kilogr. = 1 Pfund kr.

1. Bovinia Paterson's eine riesige Futterkartoffel, selbst zum Küchengebrauch mehrfach verwendbar, hält sich 12 Monat gut . . . 15
2. Climax (Heffrons), extra feine frühe Tafelsorte 15
3. Prolific (Brescés), grosse, glatte länglichte mittelfrühe Tafelsorte 15

Nro. ½ Kilogr. = 1 Pfund kr.

4. Riesen von Marmont, vorzüglich als Wirthschaftskartoffel wie zu Brennereien verwendbar, sehr ertragfähig 12
5. Kartoffeln, Rosen, früheste vorzüglich feine amerikanische Sorte von grossem Ertrag 12
6. König der Frühen, ebenso früh

Nro.	¹⁄₂ Kilogr. = 1 Pfund kr.

wie die vorige mit den gleichen Eigenschaften 30

7. **Paterson's Victoria,** sehr mehlreiche wohlschmeckende Tafelkartoffel 12

8. Blaue, beste aller blauen Sorten 12

9. Schottische blaue, vorzüglich zur Garten-, wie zur Feldkultur . . 12

10. Patersons Albert, grosse, schön geformte Kartoffel bei grossem Mehlreichthum 12

11. Patersons Zebra, eine runde ausserordentlich ergiebige vortreffliche frühe Marktkartoffel 12

12. Patersons Alexandra, blauschalig mit rein weissem Fleisch, mehlreich von vorzüglichem Geschmack 12

13. Confoederata, späte amerikanische Sorte mit rauher Schale, reichtragend mit bedeutendem Stärkmehlgehalt, der Krankheit nicht unterworfen 12

14. La Pesca, italienische frühe ertragreiche und feine Sorte . . 12

15. La Bienfaiseur, mittelfrühe franz. Markt-Sorte, die alle guten Eigenschaften in sich vereinigt . . . 12

16. Callao, gross, ertragreich, fein . 12

17. Dolmhoy, feine Tafelsorte . . . 12

18. Nevada 12

Nro.	¹⁄₂ Kilogr. = 1 Pfund kr.

19. Bellocca, schöne feine Tafelsorte 12

20. Melocca, ebenso wie vorige . . 12

21. Early Goddrich, frühe runde weisse Tafelkartoffel 6

22. Paterson's Regent, vorzüglich feine mehlreiche Tafelkartoffel, extra 12

23. Paterson's, blaue Nieren, sehr feine vorzügliche Sorte 12

24. Masachusset's, amerikan. Sorte, die sehr grosse Erträge liefert und dabei mehlreich und gesund ist 12

25. Oasaca 12

26. Kanagawa 12

2 vortreffliche japanesische Sorten, die durch den Sohn des Herrn Obersten von Siebold in Europa eingeführt wurden.

27. Imperial Kidney, ausgezeichnete Nieren-Kartoffel, die bei hohen Erträgen eine ausgezeichnete Tafelsorte liefert 12

28. Consolation, eine sehr frühe und ertragreiche amerikanische Sorte 12

29. Felsengebirg, amerikanische sehr reichtragende vorzügliche Gebirgssorte, eignet sich für Gebirgsgegenden und rauhe Lagen, wie für die Ebene 12

30. Marjolin frühe Treib 9

II. Blumen-Samen.

Meine Collection von Blumen-Samen enthält, aus der grossen Masse sorgfältig ausgewählt, nur dasjenige der bekannten Sorten, was entschieden blumistischen oder dekorativen Werth hat, sowie die vorzüglichsten Neuheiten, womit jedes Jahr unsere Sommerblumen-Collectionen bereichert werden.

Meine prachtvollen Aster, Balsaminen, Levkoyen, Petunien, Violen und besonders meine prachtvollen neuen gef. Zinnien haben die Bewunderung aller Besucher meines Gartens erregt.

Meine reiche Collectionen von Astern und gefüllten Zinnien wurden bei der hiesigen Gartenbauausstellung mit Preisen gekrönt.

Halbe Portionen werden nicht abgegeben.

Collectionen von Blumen-Samen.

1. Aster.

Aster chinensis.

Zwerg-Aster.

extragefüllte, ächt, 6—8 Zoll hoch.

1. Dunkelroth. 2. Dunkelrosa. 3. Dunkelblau. 4. Blassroth mit weiss. 5. Karmoisin mit weiss. 6. Pfirschenblüth. 7. Dunkelroth. 8. Violett mit weiss. 9. Karmoisin mit weiss. 10. Dunkellila. 11. Hellblau. 12. Blasslila. 13. Hellkarmin. 14. Kupferbraun. 15. Blassrosa.

12 Farben je 1 Portion 36 kr. Alle 16 Farben gemischt 1 Port. 6 kr., 300 Korn 12 kr., 1000 Korn 30 kr.

Zwerg-Bouquet-Aster Boltze.

Bilden hübsche Bouquets von 8 Zoll hoch.

in 6 Farben gemischt 100 Korn 12 kr.

Miniatur-Igel-Aster

von lang anhaltender Blüthedauer, eine reizende Neuheit, 6 Farben gemischt, 100 Korn 15 kr.

Chrysanthemum, grossblumige Zwerg-Aster

von vorzüglichem Bau, 8—10 Zoll hoch.

16. Lasurblau mit weiss. 17. Lachsrose. 18. Fleischfarb. 19. Rosa mit weiss. 20. Rein weiss. 21. Dunkelblau. 22. Hellblau. 23. Rosa. 24. Hellblau mit weiss. 25. Dunkelkarmin. 26. Weiss mit dunkelblau. 27. Weiss mit rosa. 28. Dunkelblau mit weiss. 29. Weiss mit Lasurblau. 30. Karmoisin mit weiss. 31. Brillant rosa.

15 Farben je 1 Portion 1 fl. 24 kr. Alle 15 Farben gemischt, 100 Korn 9 kr., 300 Korn 24 kr., 1000 Korn 1 fl.

Zwerg-Bouquet-Pyramiden-Aster

In 16 Farben 1—1½ Fuss hoch, pyramidenartige Bouquets bildend,

in 16 Farben gemischt 100 Korn 6 kr., 300 Korn 15 kr., 1000 Korn 36 kr.

Victoria-Aster.

Die Blumen dieser herrlichen Aster sind vollkommen gefüllt, imbriquirt, hochgewölbt und ausserordentlich gross. Der Habitus der Pflanze, deren jede 10—20 Blumen bringt, ist ein sehr schöner pyramidenförmiger von 1½' hoch. Diese Gattung enthält das vollkommenste, was in Aster existirt, gibt aber sehr wenig Samen.

32. Karminrosa, 33. Dunkelblau mit weiss, 34. Karmoisin. 35. Hellblau mit weiss. 36. Dunkelblau. 37. Weiss. 38. Hellblau. 39. Pfirschenblüth. 40. Karmoisin mit weiss. 41. Lilaroth. 42. Lilarosa. 43. Hortensiaroth.

12 Farben je 1 Portion 1 fl. 48 kr., alle 12 Farben gemischt 100 Korn 12 kr. 300 Korn 30 kr., 1000 Korn 1 fl. 24 kr.

Grossblumige Paeonia Rosen-Aster,

niedriger wie die Paeonien-Aster, von prachtvollem Bau. Der Habitus der Pflanze ist schön pyramidenförmig.

44. Dunkelkarmin. 45. Dunkelblau. 46. Rosa mit weiss umflort. 47. Violett mit weiss. 48. Hellblau. 49. Weiss, innen rosa. 50. Dunkelkarmoisin mit weiss. 51. Rein weiss. 52. Weiss mit dunkellila.

8 Farben je 1 Portion 1 fl. 15 kr. Alle 8 Farben gemischt 1 Port. 12 kr., 300 Korn 30 kr., 1000 Korn 1 fl. 24 kr.

Uhlands-Aster

oder paeonienblüthige Kugel.

Ausgezeichnet für Gruppen mit grossen Blumen und stark verzweigten Pflanzen.

53. Schneeweiss. 54. Lebhaftrosa mit weiss umflort. 55. Karmoisin. 56. Rosa mit weiss. 57. Hellblau. 58. Dunkelkarmoisin mit weiss. 59. Brilliant lila. 60. Hellblau mit weiss. 61. Karmin. 62. Dunkelblau. 63. Roth violett mit weiss. 64. Karmin mit weiss.

12 Farben je 1 Portion 1 fl. 24 kr., 100 Korn gemischt 9 kr., 300 Korn 24 kr., 1000 Korn 1 fl.

Paeonienblüthige Truffaut's Perfection Pyramiden-Aster.

65. Hellblau mit weiss. 66 Weiss, rund gebaut. 67. Reinweiss, lockig gebaut. 68. Schwarzblau mit Atlasglanz. 69. Schwarzblau mit weiss. 70. Weiss mit schwarzblau. 71. Lebhaftrosa. 72. Rosa mit weiss. 73. Dunkelrosenroth mit weiss. 74. Karmoisin. 75. Dunkelkarmin mit weiss. 76. Weiss mit dunkelkarminrothem Herzen. 77. Weiss mit rosa. 78. Dunkelkarmoisin. 79. Fleischfarb niedrig. 80. Violettroth. 81. Dunkellila mit weiss. 82. Rothbraun mit weiss. 83. Rosenroth. 84. Lilarosa mit weiss. 85. Violettroth mit weiss. 86. Apfelblüthen. 87. Feurig karmoisin. 88. Purpur violett weiss. 89. Victoriaroth. 90. Rein hellblau. 91. Kupferroth. 92. Rein feuerroth.

25 Farben je 1 Portion 1 fl. 48 kr. Alle 25 Farben gemischt 100 Korn 6 kr., 300 Korn 15 kr., 1000 Korn 36 kr.

Dippe's Paeonien-Perfections-Aster.

Ganz ausgezeichnet, von allergrösster Vollkommenheit in Bau und Form, geben sehr wenig Samen.

93. Weiss mit karmoisin. 94. Rosa mit weiss. 95. Karmoisin mit weiss. 96. Violett mit weiss. 97. Hellblau mit weiss. 98. Zartrosa. 99. Dunkelrosa mit weiss. 100. Purpurviolett mit weiss. 101. Hellblau. 102. Rein weiss. 103. Dunkelblau. 104. Hellkarmin mit weiss. 105. Purpur violett. 106. Reinrosa.

12 Farben je 1 Portion 1 fl. 36 kr.
Alle 12 Farben gemischt 100 Korn 12 kr.,
300 Korn 30 kr., 1000 Korn 1 fl. 12 kr.

Truffaut's imbrique Pompon-Aster.

Zierlich und reichblühend mit dichtgefüllten kugelförmigen Blumen.

Diese Gattung hat sich als die vorzüglichste aller Aster zur Aufbewahrung im Winter durch Schwefeln oder Beizen erwiesen.

107. Karmin mit weiss. 108. Rein-weiss. 109. Violett mit weiss. 110. Dunkel-rosenroth mit weiss. 111. Hellblau mit weiss. 112. Weiss mit dunkelblau. 113. Rosa. 114. Karmin. 116. Weiss mit Kar-min. 117. Dunkelblau. 118. Röthlichlila, mit weiss. 119. Weiss mit röthlichlila. 120. Karmoisin. 121. Dunkelkarmoisin mit weiss. 122. Braunviolett.

15 Farben je 1 Portion 1 fl. 24 kr.
Alle 15 Farben gemischt 100 Korn 6 kr.,
300 Korn 15 kr., 1000 Korn 36 kr.

Kranz- oder Kronen-Aster.

Von auffallender Schönheit, sämmtliche Farben mit weissem Herzen eignen sich ebenfalls zum Trocknen im Winter.

123. Karmoisin. 124. Hellblau. 125.

Dunkelblau. 126. Dunkelroth. 127. Rosa. 128. Braunviolett. 129. Röthlichlila.

Alle 7 Farben je 1 Portion 36 kr.
Alle 7 Farben gemischt 100 Korn 6 kr.,
300 Korn 15 kr., 1000 Korn 36 kr.

Deutsche Kaiser-Aster.

Dippé.

Von kolossaler Grösse und vorzüglichem Bau werden etwa 1 Fuss hoch.

130. Dunkelblau. 131. Dunkelblau mit weiss. 132. Karminrosa. 133. Karminrosa mit weiss.

4 Farben je 25 Korn 1 fl. Alle 4 Farben gemischt 50 Korn 24 kr.

Victoria Zellen-Aster.

Dippé.

Karmoisinrosa, 10 Korn 30 kr.

Vorstehende 14 Collectionen Aster er-lasse ich zusammen für 10 fl.

Aster in allen Gattungen im Rommel gesammelt zur Aussaat in Rabatten und Gruppen, 20 Gramm 30 kr.

Eine gedruckte Anleitung über das künstliche Trocknen, Schwefeln und Beizen der Blumen, Gräser und Moose ist für 24 kr. zu haben.

2. Levkoyen.

Cheiranthus annuus.

Englische Sommerlevkoyen,

12 Hauptfarben, stark dreiviertel in's Gefüllte fallend, als: weiss, dunkelviolett, rosa, feurig karmoisin, karmin, schwarz-braun, kupferroth, lasurblau, gelb, dunkel-mordoré, pfirsichblüthfarben, dunkel-chamois alle 12 Farben, je 1 Portion 1 fl., von 36 Farben stark in's Gefüllte fallend, gemischt 1 Port. 6 kr. Topfrommel in 36 Farben 5 Gr. 48 kr.

Englische Sommerlevkoy, **blutroth,** ganz neue prachtvolle Farbe, 100 Korn 12 kr.

Englische neue grossblumige Sommerlevkoyen,

sehr stark ins Gefüllte gehend, zeichnen sich durch kräftigen Wuchs und dichte grosse Blumendolden aus. In 12 Haupt-farben, je 1 Portion 1 fl., alle 12 Sorten gemischt 1 Portion 6 kr.

Neue immerblühende Sommerlevkoyen, bringen je öfter geschnitten desto mehr

Blumen und blühen in Töpfen den ganzen Winter. In 8 Sorten je 1 Portion 1 fl. alle 8 Sorten gemischt 1 Portion 12 kr.

Neue Bouquet-Sommerlevkoyen,

in 4 Farben. Dieselben zeichnen sich durch stärkere Verzweigung und langes Blühen aus. Alle 4 Farben je 1 Portion 30 kr., 4 Farben gemischt 1 Portion 12 kr.

Neue grossblumige Pyramiden-Sommerlevkoyen.

Diese wichtige Acquisition bildet das Vollkommenste in Blüthenreichthum, vorzüglichem Bau der Blumen und der Pflanzen, was bis jetzt unter den Som-merlevkoyen erzielt wurde. Das Sorti-ment in 8 Farben 1 fl. 12 kr. Alle 8 Farben gemischt 1 Portion 12 kr.

Neue grossbl. Zwerg-Pyramiden, Sommerlevkoyen,

in 6 Farben, niedriger wie obige, haben aber dabei die gleichen guten Eigenschaften. Das Sortiment in 6 Farben 1 fl. 12 kr., gemischt 1 Portion 12 kr.

Englische Herbstlevkoyen,

in 18 Farben gemischt 1 Portion 12 kr.

Neue frühblühende Herbstlevkoyen,

Das Sortiment in 6 Farben 1 fl. 12 kr. gemischt 1 Portion 12 kr.

Diese prachtvollen Sommerlevkoyen, im März angesät, fangen im Juli an zu blühen und enden erst, wenn sie der Frost zerstört.

Perpetuelle oder Kaiserlevkoyen,

mehrjährig, von schönem Habitus, gemischt 6 Farben, 1 Portion 9 kr.

Grossblumige Kaiserlevkoyen,

sehr zu empfehlen für den Herbstflor, in 8 Farben gemischt 1 Portion 12 kr.

Cocardeau oder Stangenlevkoyen,

3 Farben gemischt 1 Portion 6 kr.

Winterlevkoyen

in 12 Farben, extra in's Gefüllte fallend. Das Sortiment in 12 Farben 1 fl. 30 kr., gemischt 1 Portion 9 kr.

Neue Zwerg-Winterlevkoyen

in hochroth, dunkelblau und rosa, je 50 Korn 12 kr., 3 Farben gemischt 100 Korn 18 kr.

3. Zinnia elegans flore pleno.

Unter den Sommerblumen ist es besonders die gefüllte Zinnia, die in den letzten Jahren durch Kultur sich zu einer Schönheit wie wenig andere entwickelte, so dass ihr mit Recht in jedem Garten ein Platz eingeräumt werden sollte. Ihr Werth erhöht sich noch wesentlich durch ihre vom Mai bis October ununterbrochene Blüthezeit, wie durch die wunderbar schön gefüllten und gut gebauten Blumen, wodurch sich auch die früher an den einfachen Sorten vielgetadelte Steifheit verliert.

Stark gefüllte in folgenden Hauptfarben: Nr. 1. Orangegelb. 2. Kupferrosa. 3. Scharlach. 4. Rosa. 5. Gelb. Alle 5 Farben in 5 Paketen 1 fl., gemischt in allen Farben 1 Port. 12 kr.

Zinnia elegans imbricata plenissima 1 Port. 24 kr.

Durch fortgesetzte Versuche in der Kultur ist es mir gelungen, aus obigen gef. Zinnia dicht gefüllte hochgewöllte Blumen in schönen und seltenen Farben zu erzielen. Sie übertreffen an Grösse, sowie durch einen imbrikirten Bau alles, was ich bis jetzt von dieser Pflanze gesehen habe.

4. Sommer-Blumen.

Die mit e bezeichneten dienen zu Einfassungen. Vorzügliche Neuheiten der letzten Jahre, sowie die anerkannt besten und schönsten Sorten früherer Jahre sind mit fetter Schrift gedruckt.

Halbe Portionen werden nicht abgegeben.

	1 Portion kr.
Abronia umbellata	6
Abonis aestivalis, schön	3
Ageratum mexicanum, dunkelblau	3
e — **Imperial Dwarf,** prächtig, dunkelblau, niedrig	12
e — nanum	6
— nanum album	6
Agrostemma coelirosa, Himmelsröschen	3
— hybrida	3
Alonsoa Warscewiczii	6
Amaranthus atropurpureus von Calcutta. Diese werthvolle Neuheit ist ohne Zweifel die schönste aller im Freien cultivirten Amaranthusarten, 1½—2' hoch	12
— bicolor, zweifarbig	6
— **olbiensis,** wird 4—5' hoch, von überraschender Schönheit	12

	1 Portion kr.
Amaranthus caudatus	3
— **melancholicus** var., rubr., aus Japan mit blutrothen Blättern	6
— monstrosus	3
— speciosissimus	6
— tricolor, dreifarbiger	6
— tricolor giganteum, neu, wird 4 bis 6' hoch und ist durch ihre prächtige Belaubung sowohl zu Gruppen wie zur Einzelpflanzung bestens zu empfehlen	12
Anagallis grandiflora carnea	6
— grandiflora coerulea	6
— **Impératice Eugénie,** hellblau	12
— Napoleon III., dunkelkarmin	12
— **sanguinea,** scharlach	12
Antirrhinum, von lauter neuen ge-	

	1 Portion kr.
streiften und bunten Prachtsorten meines Sortiments	12
Antirrhinum nigricans	9
— majus nanum **rubro striatum**	12
Argemone grandiflora, Stachelmohn	6
Artemisia annua, Dekorationspflanze	6
Asperula setosa, himmelblau	12
Brachycome iberidifolia, schön	6
Browallia elata coerulea	4
e Calandrinia **umbellata**	12
Calendula pluvialis	3
— Pongei flore albo pleno	6
— ranunculoides flero pleno	3
Calliopsis bicolor, Schöngesicht	3
— cardaminefolia hybrida	6
— coronata	6
— Drumondii	4
— **muscosa**	6
— marmorata, prachtvoll	6
e — nana	4
— nigra speciosa	6
Callirhoea pedata	6
Campanula **attica**	12
— Speculum grandiflora, schön	6
Cannabis gigantea, ächter Riesenhanf	6
Capsicum annuum, spanischer Pfeffer	3
Carthamus tinctorius, Saflor	3
Celosia cristata, Hahnenkamm in 8 Farben gemischt	6
— nana, Zwerg	6
— macrocephala, Riesen	6
Centaurea americana, grösste Kornbl.	
— cycanus, Kornbl. in 10 Farben	3
— depressa, schön	6
Centranthus macrosiphon	6
— » roseus	6
— nanus	6
Cerinthe gymnandra	6
Chaenostoma fastigiatum	12
Cheiranthus Cheiri, extra gefüllt braun, Wiener Stangenlack	12
— gefüllt, brauner Wiener Zwerg-Stangen	12
— extra gefüllt violett. Stangen	12
— » » schwefelgelb. Stangen	12
— alle 4 Sorten gemischt	12
— maritimus, 10 Gr. 15 kr.	3
— » fl. albo, 10 Gr. 15 kr.	3
Chenopodium Atriplicis, neue auffallend schöne Blattpflanze	6
Chrysanthemum **Burridgeanum**	6
— carinatum atrococcineum	6
— » purpureum	6
Chrysanthemum coronarum Sumbeum fl. pl.	12
— **hybridum fl. pleno**, in orange, scharlach und purpur	12

	1 Portion kr.
Chrysanthemum Dunetti fl. pleno, weiss gefüllt	12
Clarkia elegans fl. pl.	4
— pulchella grandiflora	4
— » fl. pleno	6
— integripetala	6
— » marginata	6
e Collinsia bicolor	6
— bicolor candidissima, sehr schön	6
— **carnea**, neu	6
Commelina coelestis	4
e **Convolvulus** tricolor, 20 Gr. 12 kr.	3
— **monstrosus**, 20 Gr. 16 kr.	6
e — **splendens**, 20 Gr. 16 kr.	6
e — flore pleno	6
Cosmidium Burridgeanum	6
— Engelmanni	6
— filiforme	6
Cosmea purpurea	6
Cuphea miniata, sehr schön	12
— silenoides	6
— **Zimapani**	12
Cynoglossum coelestinum	6
— Hayni	6
e — linifolium, 20 Gr. 12 **kr.**	3
Datura atroviolacea plenissima	12
— ceratocaulis	6
— fastuosa fl. coeruleo pl.	6
— » fl. albo pl.	6
— ferox robusta, schön	6
— **Huberiana**, prachtvolle Neuheit mit starkgefüllten Blumen	12
— **humilis flava** fl. pl., gelbgefüllte	6
— **Wrighti**, porzellanblau	6
e **Delphinum** Ajacis nanum pleno, Zwergrittersporn in 8 Farben, 20 Gr.	12
— neue Hyacinthenrittersporn in 8 Farben gemischt, 20 Gr.	12
— gef. Levkoyen-Rittersporn, in 8 extra gef. Farben, 20 Gr.	24
— hohe Rittersporn, verschiedene Farben, 20 Gr.	12
Delphinium consolida candelabrum fl. pl., in 6 Farben 1 Port.	12
Dianthus chinensis fl. pl., gefüllte Chinesernelken, verschied. Farben	6
— imperialis, fl. pl., extra	6
— atrosanguineus, dicht gefüllt	6
— **giganteus Hedewigii**	6
— » » fl. pl.	12
— Hedd. **diadematus fl. pleno**, Neuheit mit prächtig schillender diademartiger Zeichnung und starker Füllung der Blumen	12
— **gig. laciniatus**	6
— » » **fl. pl.**	12

1 Portion kr.

Emilia flammea (Cacalia) 3
Erodium gruinum, Samen 6
3 Samenkörner mit Grannen samt
  Scale (als Wetterglas) 12

Dieser merkwürdige Samen zeigt auf der hiezu gehörigen Scala die Veränderung der Witterung weit schneller als ein Wetterglas.

e Eschscholtzia californica, 20 Gr. 24 kr. 3
e — californica alba, 20 Gr. 24 kr. . 4
e Erysimum Perowskianum 4
Eucharidium grandiflorum 6
Eupatorium Fraseri, weiss, schön . . 6
Gaillardia **Bosselarii** 12
— **picta** 4
— coccinea 6
- grandiflora, sehr schön . . . 6
Gaura Lindheimeri 6
Georgina variabilis, Dahlien, meiner
  prachtvollen Sammlung neueste
  Musterblumen 15
— Liliput-Dahlien, beste Sorten . 15
— Gestreifte und bunte Dahlien . 15
Mardnerische Zwerg-Dahlia 12 Korn 48
e Gilia tricolor splendens, 20 Gr. 24 kr. 4
Godetia Lindleyana fl. pl. . . . 9
—   **» versicolor grau-
  diflora** 9
— rubicunda splendens, schön . . 6
Gypsophila elegans 3
— elegans rosea 6
Helianthus californicus, fl. pl. schön 6
— grandiflorus plenissimus . . . 12
— macrophyllus giganteus . . . 6
— uniflorus 6
Hibiscus calysurus, schön 4
e Hymenoxis californica, schöne Einfassung, 20 Gr. 24 kr. . . . 6
e Iberis amara, weiss, 10 Gr. 12 kr. 4
— linifolia, neu 6
e — umbelkata, roth, 10 Gr. 12 kr. . 4
e —   » carnea, neu, schön . 6
e —   » atrococcinea, 10 Gr.
      12 kr. 6
e —   » purpurea nana, 10 Gr.
      12 kr. 6
Impatiens Balsamina gefüllte Balsaminen in 10 Farben . . . 6
— gefüllte Camellien in 10 Farben 6
— Gefüllte Zwerg-Camellien in 6 Farb. 6
— gefüllte Zwerg in 10 Farben . 6
— gefüllte Rosen in 10 Farben . 6
— scharlach Camellia-Balsamine,
  neue prächtige Farbe . . . 12
— Solferino Balsamine, weiss mit
  karmoisin gedupft und gestreift 12
— gefüllte **Rosen-Camellien** (An-
  drieux) Balsaminen in 7 abge-

1 Portion kr.

sonderten Farben, abgebildet in
  der illustrirten Gartenzeitung.
  Alle 7 Sorten 1 fl. gemischt in
  7 Sorten 12
— gefüllte Balsaminen in allen Farben
  und Sorten gemischt, 10 Gr. . 30
— glanduligera, 6—8' hoch . . . 6
Ipomopsis elegans, schön 6
— elegans **cupreata,** schöne Neuheit 6
—   » sanguinea, prachtvoll . 12
—   » **superba,** neu 6
Isotoma axillaris, neu und schön . 6
Lathyrus odoratus, wohlriechende
  Wicke in 6 Farben, 20 Gr. . . 8
— odoratus **invincible scarlet** . . 6
—   »   » **black** . . 6
Lavatera trimestris 3
Leptosiphon denisflorus, fl. albo . . 6
Limnanthus Douglassi, schön . . . 6
e **Linum** grandiflorum rubrum, prächtig
  dunkelroth, gross und vollblühend,
  ächt, 20 Gr. 48 kr. 6

Sowohl zu Einfassungen wie zu niedrigen Gruppen im Monat April an Ort und Stelle in sonniger Lage angesät, ist es eine unserer schönsten und sehr lang fortblühenden Sommerpflanzen.

e Lobelia ernioides, zierl. himmelblau 4
— **erinus imperialis,** schön . . . 12
e —   » speciosa, prachtvoll . . 12
e —   » **erecta superba** . . . 12
—   »   » rosea 6
— ramosa 6
Lopezia coronata, schön 6
Lotus Jacobaeus, Schotenklee . . . 6
—   » luteus, gelber . . 6
Lupinus albus coccineus, eine der
  schönsten Lupinen 6
— californicus 6
— Cruikshanksii 8
— Hartweggii, schön 4
—   » coelestis 6
— hybridus **atrococcineus** . . . 6
—   » insignis, prachtvoll . 6
—   » superbus, schön . 6
— Menziesii, neue, hochgelb mit
  braunroth 6
— subcarnosus, prachtvoll . . . 6
— venustus tricolor 6
Malope grandiflora, schön 4
Malva aurantiaco rubra, prächtige
  Neuheit 15
— Behriana 6
— crenulata, schöne Dekorationspflanze 12
— Mauritiana zebrina 6
— miniata 6

	1 Portion kr.
Matthiola bicornis, sehr wohlriechend	12
Matricaria alba plenissima, neu	12
— eximia	6
Martynia craniolaria, Gemsenhorn	6
— proboscidea, schön	6
e Mesembrianthemum crystallinum	4
— capitatum, sehr schön	6
e — tricolor	6
Mimosa pudica, Sinnpflanze	6
Mimulus grandifl., schönste Sorten	12
— cardinalis, verschiedene Sorten	6
— **cupreus,** schön, Neuheit, etwa 4" hoch, Blume tieforange scharlach	12
— cupreus tigrinus, aus den neuesten Sorten gewonnen	12
— **Tilingii,** neue reingelbe 2' hohe harte Sorte	12
Mirabilis Jalapa, Wunderblume 20 Gr. 16 kr.	3
— Jalapa **hybrida** tricolor, neueste in den buntesten Färbungen	6
— longiflora alba, wohlriechende	4
— » violacea, wohlriechende	4
e **Nemophila** atomaria, 5 Gr.	6
e — crambeoides oculata, 5 Gr.	6
e — discoidalis, 5 Gr.	6
e — » marmorata, 5 Gr.	6
e — » vittata, 5 Gr.	6
e — insignis, himmelblau, 20 Gr.	12
e — » alba, 5 Gr.	6
e — » marginata, 5 Gr.	6
e — maculata, 5 Gr.	6
e — purpurea	6

Sämmtliche Nemophila gehören zu den schönsten Einfassungspflanzen.

Nycterinia capensis	6
— selaginoides	6
Nicotiana glutinosa, schön	6
— grandiflora purpurea	6
— glauca	6
— **macrophylla gigantea**	12
e **Nierembergia frutescens**	12
— gracilis, schön	12
Nigella damascena nana pl.	3
— hispanica **alba,** neu	6
— » **atropurpurea,** prachtv.	12
Obeliscaria pulcherrima, sehr schön	6
— aurantiaca, schön	6
Oenothera Drummondii, ächt	6
— **gigantea,** mit einem Blüthenschaft von 10—15' hoch	12
— Lamarkiana, prachtvoll gross und reichblühend	6
Ononis viscosa, schön	12
e **Oxalis** rosea, sehr schön	6
e — tropaeoloides, schöne Einfassung	

	1 Portion kr.
mit blutrothen Blättern und gelben Blumen	6
Palafoxia Hoockeriana, neu	12
Papaver Rhoeas fl. pl., Ranunkelmohn	3
— paeoniaeflorum fl. pl.	4
Perilla nankinensis, schöne Blattpflanze	6
— nankinensis **atropurpurea laciniata,** prachtvolle neue Blattpflanze	12
Petunia hybrida, von meinem Sortiment in den **neuesten** Prachtsorten	15
— Countess of Ellesmere, tief rosa mit weissem Schlund	6
— grandiflora rubra, in rothen Sorten	6
— nyctaginiflora, weissblühende Petunia	6
— **fl. pleno,** von der ausgezeichnetsten Qualität, lassen etwa 10—15% gefüllte erwarten, 100 Korn	18
Phalacraea coelestina Tom Thumb	12
Phlox Drummondii in den neuesten brillantesten und feurigsten Farben, 5 Gramm 30 kr.	6
— Drummondii alba, rein weiss	9
— » Leopoldi, roth mit weissem Stern	6
— » alba oculata, weiss mit roth	9
— » rosea, rein rosa	9
— » L. Napoléon, dunkelroth	9
— » Radowitzii, rosa mit weiss	9
— » Queen Victoria, feuerroth	9
— » Wilhelm I.	9
— » Princess royal	9
— » variabilis, schieferblaue	9
Phytolacca decandra, schön	6
Polygonum orientale pumilum, prächtige Neuheit	6
e **Portulaca** aurea striata	6
e — Blensoni	6
e — grandiflora, violett	6
e — lutea, hellgelb	6
e — rosea pallida	6
e — caryophylloides, schön gestreift	6
e — striatiflora	6
e — Thellussoni, orangeroth	6
e — » incarnata, neu	6
e — Thorburni, gelb	6
Alle 10 Sorten je 1 Port. sortirt.	45
Alle 10 Sorten gemischt 1 Port.	6
e **Portulaca grandiflora fl. pl.,** gef. Portulakröschen. — Nach Erfahrung liefern solche ²/₃ gefüllte Blumen in scharlach, gelb, gestreift etc., **prachtvolle Neuheit** 100 Korn	12

	1 Portion kr.
Für sonnige Plätze gehören die Portulaca zu den schönsten Einfassungspflanzen.	
e **Pyrethrum parthenifolium aureum**, mit goldgelben Blättern, als Einfassung vorzüglich zu verwenden	12
Reseda myriophylla	6
— odorata. Resede, 20 Gr.	10
— » grandiflora, 20 Gr.	12
— » arborea	4
— **meliorata**, mit besonders kräftigem Wuchs, schönem pyramidenförmigen Bau und grossen rothen Blumenrispen, 20 Gr. 24 kr.	6
Ricinus Wunderbaum	
— africanus	6
— albidus	6
— brasiliensis, effectreich	6
— insignis	6
— macrocarpus, schön	6
— macrophyllus mit grossen rosagenervten Blättern wird 12—15' hoch	9
— Obermanni, schön	6
— purpureus, rother	6
— » tricolor	6
— **sanguineus**, blutrother	6
— » **glaucus**	6
— spectabilis, prächtige Neuheit	9
— viridis, grüner	6
— in obigen Sorten gem. 1 Port.	6
Als decorative Blattpflanze machen diese neuen Sorten von Ricinus einen imposanten Effect und erreichen in einem Jahre oft die Höhe von 12—15'.	
Salpiglossis variabilis	6
— **grandifl.**, neue grossblumige	12
Salvia coccinea hybrida, neu, schön	6
— » punicea	6
— » **Pitscheri**, prächtige blaublühende Neuheit	12
— » splendens	12
— compacta nana	12
e Sanvitalia procumbens	4
e — **procumbens flore pleno**, werthvolle Neuheit zu Einfassungen	6
Saponaria multiflora	6
Scabiosa grandiflora, 8 Farben	4
— grandiflora candidissima, neu	6
— **nana fl. pleno**, versch. Farben schöne Neuheit	6
Schizanthus Grahami, schön	6
— Grahami carneus	6
— pinnatus	4
— oculatus	6
— retusus, schön	6
— » alba, neu	6
Senecio elegans albo pl.	6
— elegans atropurpurea pl.	6

	1 Portion kr.
Senecio elegans rosea pl.	6
— » lilacina pl.	6
— **nana coerulea pl.**	12
e Silene Armeria rosea	3
e — **pendula**, 20 Gr. 16 kr.	3
Im Herbst an Ort und Stelle angesät, macht es viel Effect zu ganzen Gruppen.	
e — **pendula fl. pl.**, Neuheit	12
e — » alba	6
— » ruberrima	6
e — Pseudo-Atocion	6
— orientalis, prachtvoll	6
Silybum eburneum, Blattpflanze	9
Solanum **atropurpureum**, neu	6
— Balbisii, prächtig.	6
— citrullifolium	6
— **hoematocarpum**	12
— indicum	6
— laciniatum, prächtige Neuheit	6
— Lycopersicum, Liebesapfel	6
— Grenier's, grösster Liebesapfel	6
— Lycopersicum fructu maximo	6
— marginatum m. weisser Belaubung	12
— Melongena, Eierpflanze	4
— » fructu violaceo maximo	6
— melongena Géant panaché de Quadeluppe	12
— Melongena, schwarze Riesen von Pecking	12
— **pyracanthum**	12
— species nova	6
— robustum, neu	12
— **Warscewiczioides**, schöne Blattpflanze	15
Spilanthes oleracea	4
Tagetes erecta aurantiaca pl.	4
— erecta sulphurea plenissima	4
— erecta fl. pleno **orange quilled**, neu	12
— patula fl. pl.	4
— » striata pl.	4
— ranunculoides pl.	4
— striata plena, braun und gelb gestreift, prachtvoll	6
— striata nana pl., niedrig, braun und gelb gestreift	6
— signata pumila	6
Trachelium album	6
— carneum	6
— coeruleum	6
— flore cinereo	6
Trachymene coerulea	6
e **Tropaeolum** nanum Catell's, neues braunrothes Zwerg	6
e — **Carter's** neues **Tom Thumb** mit scharlachrothen Blumen	6
e — Tom Thumb, **goldgelb**, neu	6

1 Portion kr.

e **Tropæolum** Tom Thumb, **Beauty,**
   gelb mit roth, neu 6
e **Crystal l'alace Gem.,** neu . . . 6
— nanum **King Theodor,** mit schwarzen Blumen 9
— nanum **roseum,** neu 9
Von obigen Zwerg-Tropaeolum, die
   zu Einfassungen wie zu Gruppen
   gleich schön sind, gemischt 20 Gr. 16
Verbena hybrida, von meinem grossen Sortiment von den neuesten
   Sorten gesammelt, 5 Gr. 48 kr. 12
— hybrida **auriculæflora,** von den
   neuesten Sorten mit weissen
   Augen gesammelt 18
— hybrida striata, italienische gestreifte 18
— Aubletia, schön 6
— Drummondii 6
— pulchella. 6
— venosa, schön zu Gruppen . . 6
Viola tricolor maxima, grosse englische Pensées von meinem prachtvollen Sortiment in seltenen Farben von Musterblumen, I. Ernte
   100 Korn 18 kr., 400 Korn 1 fl. —
Von lauter braunrothen Blumen . 12
Von kohlschwarzen Blumen . . 12
Fantasie von lauter gestreiften . 18

1 Portion kr.

Von lauter azurblauen Blumen . 12
Pensée, alle Farben gemischt, 2te
   Auswahl 500 Korn 24 kr., 1000
   Korn 36 kr., 20 Gr. . . . 2 fl. —
Viola tricolor maxima imperialis,
   diese neuen 5fleckigen Odier-Preis-
   Pensée, die sich durch Grösse, sowie durch Vollkommenheit der
   Blumen in den reichsten und sel-
   tensten Farben auszeichnen, ebenso
   durch die 5 grossen beinahe bis
   zum Rande reichenden Flecken eine
   neue Gattung bilden, geben leider
   durch ihre grosse Vollkommenheit
   nur selten und wenig Samen, 100
   Korn 36 kr., 400 Korn . . 2 fl. —
e Viscaria oculata nana, neu u. schön 6
—   » splendens, neu u. schön 6
Whitlavia grandiflora, prächtig blau 6
— **gloxinioides,** neu 12
Zea japonica foliis variegatis, prächtige bunte Blattpflanze, 10 Gr. 12
Zinnia elegans 6
— elegans **flore pleno,** prachtvolle
   Neuheit in 10 verschiedenen Farben von dicht gefüllten Blumen 12
— **elegans imbricata plenissima** 24
— mexicana, neu und schön . . 6
— verticillata, neu 6

5. Immortellen oder Strohblumen

zur Ausschmückung getrockneter Bouquets.

Acroclinium roseum 6
— album, neu 6
Ammobium alatum, schön . . . 3
Gomphrena aurantiaca, neu . . . 6
— globosa alba 4
—   »   carnea 4
—   »   procumbens . . . 4
—   »   rubra, schönste . . 4
—   »   variegata 4
Helichrysum nanum **atrococcineum** 6
— nanum **atrosanguineum** . . . 6
—   »   »   **flore pleno** . 12
— monstrosum album pl. . . . 6
—   »   Borussorum rex, weiss . 6
—   »   bruneum pl. 6
—   »   coccineum 6
—   »   luteum pl. 6
—   »   roseum plenum . . . 6
          Alle 8 Sorten gemischt 6
Rhodanthe Manglesii, schön . . . 12
— maculata 12
Statice Bonduelli, gelb 6
— coccinea 6

Statice duriuscula 6
— incana 6
—   »   atrosanguinea 12
— rubra 6
— speciosa 6
— Wildenowii 6
— sinuata, 20 Gramm 24 kr. . . 6
—   »   **atrocoerulea** 12
—   »   hybrida 12
   Letztere 3 Sorten sind für getrocknete
   Bouquete unentbehrlich.
— tormentilla 6
Xeranthemum annuum album pl. . 4
— annuum rubrum pl. 4
— atropurpureum plenissimum . . 6
— caryophylloides pl. 6
— **imperialis pl.,** glänzend purpur
   violett, dicht gefüllt, prächtige
   Neuheit 6
12 Sorten der schönsten nach meiner
   Wahl 48
25 Sorten nach meiner Wahl . 1 fl. 30

6. Rankende oder Schlingpflanzen-Samen.

Die mit t bezeichneten können auch für Topfkultur benützt werden.

	1 Portion kr.
Abobra viridiflora	12
Bryonopsis laciniosa erythrocarpa, prächtig neue Schlingpflanze	12
Calampelis scaber	6
Cardiospermum Halicacabum	6
t **Clitoria** coelestis, schön	6
t — coelestis alba, schön	6
— » atrocoerulea	6
Cyclanthera pedata	6
t **Cobæa** scandens, eine der schnell- wachsenden u. schönsten Schling- pflanzen, 6 Korn	12
Cucumis Melo Dudaim	12
— medulliferus	12
Cucurbita perennis, schnell wachsend mit gelben Blumen, die Früchte sind in der Grösse von kleinen Orangen	12
Dolichos giganteus	6
— atrosanguineus	6
— martinicensis	6
— purpureus	6
Ipomoea atrosanguinea, Winde	4
— **atrocarminea** grandiflora mar- ginata	12
— bona nox	4
— Buridgei	4
— coccinea	4
— Dickinsoni	4
— **grandiflora** foliis argenteo mar- ginatis	12
— hederacea grandiflora	6
— » atroviolacea	6
— » lilacina	6
t — » superba	6
t — limbata	6
— » elegantissima	6
— Mad. Anné	6
— Michauxi, rosa gestreift	6
— purpurea alba	4
— » inquinata	6
— Quinata	6
— rosea elegans	6
— rubra coerulea	4

	1 Portion kr.
Ipomoea tricolor, neu	4
— Sp. indica, schönstes Blau	4
— striata variegata	4
Ich erlasse diese 18 prächtige Sorten Winden fürs freie Land je 1 Portion zusammen zu 1 fl. Obige Sorten gemischt, 20 Gr.	15
t — ficifolia	6
t — grandiflora	6
t — Leari	12
t — Quamoclit	6
t — reniformis	15
t — violacea vera	12
t **Loasa** Herberti	12
Lophospermum scandens	12
Mandevillea suaveolens, schön	6
Maurandia albiflora	12
— antirrhiniflora	6
— Barkleyana	6
— semperflorens	9
Momordica balsamina, Balsamgurke	6
— Charantia	6
— Elaterium, Springgurke	6
Passiflora gracilis	12
Phaseolus coccineus	12
Scyphanthus elegans	12
Sicyos Schimperianus, neu	12
Thunbergia gemischt in 6 Sorten	6
Tropæolum majus	8
— majus atropurpureum	6
— » coccineum	6
— » luteum	4
— » Scheuerianum	6
— » » carneum	6
Von obigen Sorten gemischt 20 Gr.	12
— canariensis, schnell rankend, schön gelbblühend	12
— Lobbii Brillant, 6 Korn	6
— » Géant des batailles, 6 Korn	12
— » Lili Smith, 6 Korn	6
— » Mr. Colomet, 6 Korn	12
Schönste Sorten Tropaeolum Lobbianum gemischt	12
Vicia Gerardi	6

7. Samen von Topfpflanzen.

	1 Portion kr.		1 Portion kr.
Acacia dealbata	12	Acacia mollissima	12
— leucocephala	6	— speciosa	12
— lophanta	6	— Neumanni	12
— Meissneri	12		

1 Portion kr.

Azalea pontica in den besten neuesten
    Sorten 12
Calceolaria, neueste getigerte . . 24
— neueste getigerte Zwerg 8″ hoch 30
— rugosa, von den schönsten strauch-
    artigen grossblumigen 36
Canna in 12 der besten Sorten alle
    12 Sorten je 1 Portion . 1 fl. —
— gemischt in allen Sorten 1 Portion 6
Cassia corymbosa 6
— grandiflora 6
— humilis 12
Centaurea gymnocarpa, schöne Blattpfl. 24
— **candidissima,** schönste Blattpfl. 24
— macrocephala, grosse Dekorations-
    pflanze 12
Chamaerops humilis, Palme . . 12
Cineraria hybrida neueste u. schönste
    meines Sortiments 400 Korn 30 kr.
    1000 Korn . . . . . 1 fl. —
— neueste **zwergartige** in den
    grossblumigsten schönsten Farb. 30
— maritima, schöne Blattpflanze . 6
— acanthifolia gigantea 24
— asplenifolia 15
— lastraefolia 15

    Obige 3 prächtige Blattpflanzen sind zur
    Ausschmückung unserer Gärten bestens
    zu empfehlen.

Clianthus Dampieri, 10 Korn . . 24
    Diese prachtvolle Pflanze, im März an-
    gesät, blüht schon im Juli und August
    mit prachtvoll grossen, scharlach mit
    schwarz gezeichneten Blumen.

Convolvulus mauritanicus, schön . . 12
Coronilla glauca 6
Daubentonia Tripetiana 12
— punicea 12
Epacris, neue Sorten 24
Erythrina crystagalli 12
Eucalyptus globulus 12
Gloxinia hybrida, neueste grossbl. . 18
— erecta, neue grossblumige . . 18
Heliotropium, neueste Sorten . . 12
Hibicus giganteus 12
— inimitabilis 12
Humea elegans, Dekorationspflanze . 12
Indigofera Dosua 6
Lantana v. m. reichen Collection gem. 12

1 Portion kr.

Lobelia cardinalis, schön 12
— fulgens multiflora 24
Lychnis grandiflora gigantea . . . 12
Myrtus communis 6
Nerium Oleander, verschiedene Sorten 6
Pelargonium, neueste englische . . 12
— Fantasie 12
— Odier, neueste Sorten 12
— Scarlet, neueste 12
— » neue, mit buntem Laub . 18
Polygala Dalmaisiana, schön . . . 12
Primula chinensis, roth 6
— chinensis, weiss 9
— » gestreift 9
— » cupreata 12
— » **erecta superba** . . 12
— » **macrophylla alba** . . 12
— » » **rubra** . 12
— fimbriata, roth 18
— » weiss 18
— » gestreift 18
— » **erecta superba** . . 18
— » **kermesina** splendens 18
— macrophylla alba, 25 Korn . . 18
— » rubra 25 Korn . 18
— » alba plena, 10 Korn 30
— » rubra pl., 10 Korn 36
Punica Granatum 6
— » nana 12
Sempervivum Donkelari 18
Solanum capsicastrum 12
— giganteum 6
— hybridum novum 6
— pyracanthum, neue Blattpflanze 12
— Pseudo-capsicum 6
— reclinatum 12
— **Weatherillei** 15
Swainsonia coronillaefolia rubra . . 6
— coronillaefolia alba 6
— Osborni, schön 12
Verbena cydriodora 12
Vinca rosea 6
— alba 6
Wigandia caracassana, schöne Blatt-
    pflanze 12
— **Vigieri,** noch grösser wie letzte 12
— **Imperialis,** prächtige Neuheit . 18
Yucca aloëfolia 12
— » rubra 12

8. Perennirende Freilandpflanzen.

Acanthus lusitanicus 6
— mollis 6
— spinosus 6
Agrostemma bicolor 3

Althaea rosea, gefüllte engl. Malven 6
— englische und schottische Preis-
    Malven in 12 Farben gemischt 12

1 Port. kr.

Chaters Preis Malven, grösste Vollkommenheit in 12 Farben,
1 Sortim. in 6 Farben sortirt 1 fl. —
1 » in 12 Farben sortirt 2 fl. —
gem. in allen 12 Farb. 1 Port. 12
10 Gramm . . . . . . 1 fl. —
— Malven, gefüllte reinweisse zum Bouquetgeschäft 1 Port. 6 kr.
20 Gramm 30

Anchusa italica	6
Armeria bupleuroides	6
— formosa	6
— longiaristata	6
— **spicata**, neu	12
— Welwitschii	6
Aquilegia alpina	12
— californica	6
— Durandi	6
— formosa	6
— glandulosa gigantea	12
— sibirica rubroviolacea pl.	12
— vulgaris fl. albo pl.	12
— » fl. pl.	6
Astragalus galegiformis	4
— purpureus, neu	12
Bellis perennis von gefüllten Sorten	12
Campanula grandiflora	6
— pyramidalis	6
— Medium	3
— alba pl.	6
— coerulea pl.	6
— Med. rosea	6
Catananche coerulea	3
Ceanothus Bertin	12
— » President Reveille	12
Chamaepeuce casabonae	12
— **diacantha**, prachtv. Silberdistel	12
Chelone barbata Torreyi	12
Chrysanthemum, neueste grossblum.	12
— neueste Zwerg	12
Coreopsis Atkinsoni	3
— grandiflora	12
— longipes	6
Cynoglossum glochidiatum	6
— coelestinum	6
Delphinium formosum	6
— **hybridum** v. d. neuesten franz.	6

— » **flore pleno,** von den neuesten gefüllten Sorten gesammelt 12

Dianthus barbatus in den schönsten Farben 4
— barbatus fl. pl., in den schönsten Farben 6
— **oculatus marginatus** . . . 12
— **Caryophyllum fl. pl.,** gefüllte

1 Portion kr.

Topfnelkensamen von einem grossen Sortiment, 100 Korn . . . 30
Vorzügl. gef. Landnelken I. Qual. 12
» » » II. » 6
— **frühblühende Nelken** in den schönsten Sorten 12
Dianthus nanus fl. pl., neue niedrige gefüllte frühblühende Gartennelke 15

Diese schönen Gartennelken blühen 14 bis 20 Tage früher wie die andern und sind besonders zum Frühtreiben sehr zu empfehlen.

Digitalis purpurea gloxiniaeflora	6
Erigeron grandiflorum	12
Ferula asparagifolia	6
Gaillardia Bosselarii	12
— Loeselii	12
Galega orientalis	6
Geranium canariensis	12
Geum coccineum grandiflorum	12
— atrosanguineum	12
Gladiolus, neueste Sorten	12
Gypsophila acutifolia	12
— paniculata, schön	6
Hedysarum coronarium	6
— coronarium fl. albo	6
Helenium Hoopesii	12
Heracleum **eminens,** prächtig	6
— persicum, Dekorationspflanze	6
— giganteum	6
Hesperis tristis, Nachtviole	6
Hibiscus palustris roseus	12
Hunnemannia fumariaefolia	12
Iberis Tenoreana	6
Lathyrus latifolius, schön	6
Lilium auratum, 10 Korn	24
Linum perenne	4
— » albo	6
— sibiricum, schön	12
Lupinus **arboreus,** neu	12
Lupinus polyphyllus, schön	6
Lychnis chalcedonica	6
Lythrum roseum grandiflorum	6
Matricaria capensis	6
Michauxia campanuloides	15
Myosostis alpestris 4 kr., fl. albo	4
— azorica, schön	12
Obeliscaria atropurpurea	6
Oenothera spectabilis	6
— grandiflora major	6
— humilis	6
Onobrychis arenaria	12
— supina	6
Onopordon arabicum	6
— tauricum	6

Papaver caucasicum, schönster scharlachrother 6

1 Portion kr.		1 Portion kr.
Pentstemon gentianoides, von den neuesten Sorten	12	Silphium commutatum 6
Phlox decussata, neue Sorten . . . 6		— echioides 6
— omniflora, neue Sorten 6		— incana 6
Physalis Alkekengi 6		— » atrosanguinea 12
Podaliria australis 6		— marginata 6
Potentilla Hopwothiana 6		— monstrosa 6
Primula auricula, feine Luiker . 12		— macrophylla 6
— Aurickel von einem schönen Sortiment in seltenen Farben 500 Korn 36 kr., 1000 Korn 1 fl. —		— rubra 12
		— sareptina 6
		— Smithii 6
— Aurickel II. Qualität 1 Port. . 6		— spatulata 6
— **cordusoides,** schöne Frühlingspflanze, 500 Korn 12		— speciosa 6
		— Wildenowii 6
— **veris,** Gartenprimel 6		Stenactis speciosa 6
— » **elatior,** neue Sorten . 12		Valeriana rubra 6
1000 Korn . . 1 fl. —		Verbascum gnaphalodes, schön . . 6
Pyrethrum, roseum 6		Viola odorata semperflorens . . . 6
Pyrus japonica, von 10 schönsten Sorten gesammelt, 50 Korn . . . 12		— » The, Czar, grösstes Veilchen 12
Salvia argentea 12		100 Korn 1 fl. —
— argentea vera candidissima . . 18		Wahlenbergia grandiflora 6
— gigantea, neu 12		Ich erlasse nach meiner Wahl:
— japonica 12		12 Sorten neue Freilandpflanzensamen
— sclarea 6		zu 2 fl. —
Satureja Thymbra 6		25 » » » » 3 fl. 30
Sedum Fabaria 6		12 » ältere » » 1 fl. —
— macrophyllum, neu 6		25 » » » » 1 fl. 48

9. Ziergräser.

Zur Dekoration von Blumenparthien und hauptsächlich in getrocknetem Zustande zur Anfertigung von Bouqueten im Winter sehr zu empfehlen.

1 Portion kr.		1 Portion kr.
Agrostis argentea, neu 6		Festuca rigida, schön 12
— nebulosa 6		Gynerium argenteum 6
— plumosa 6		Hordeum jubatum, schön 6
— pulchella 6		Lagurus ovatus 6
Anthoxanthum gracile 6		Lasiagrostis argentea, neu und schön 12
Briza gracilis 6		Leptochloa gracilis 6
— geniculata, schön 6		Panicum capillare 12
— major 6		— oryzinum 6
— virens 6		Pennisetum fimbriatum 12
Bromus brizaeformis, schön zu Bouquets 6		— longistylum 6
Ceratochloa pendula 6		— setosum, schön 12
Chloris elegans 6		Piptatherum Thomasii 6
— truncata 6		**Saccharum Ravennae,** prachtvoll . 12
Chloropsis blanchardiana 12		Setaria macrochaeta 6
Dactylocenium aegyptiacum . . . 6		Stipa gigantea 12
Eleusine oracana 6		— pennata 6
— spec. ex China, neu 6		Tricholaena rosea 6
Eragrostis cylindriflora 6		Vulpia bromoides 6
— elegans 6		6 Sorten der schönsten zur Anfertigung von Bouquets im Winter 30
— namaquensis 6		12 Sorten Ziergräser 48
Festuca pectinella, schön 6		25 » » . . . . . 1 fl. 36

10. Samen von immergrünen Sträuchern.

	1 Portion kr.		1 Portion kr.
Cedrus atlantica	6	Thuja compacta	6
Cryptomeria japonica	12	— gigantea	12
Cupressus funebris	12	— glauca	12
— Goweniana	12	— intermedia	12
— Lawesoniana	12	— meldensis	12
— pyramidalis	6	— nepaulensis	6
— sinensis	12	— orientalis	6
— Witleyana	12	— plicatilis	6
Juniperus virginiana	6	— pyramidalis	6
Retinospora falcata	12	— Wareana	6
Thuja aurea	12	12 Sorten nach meiner Wahl 1 fl. 30	

11. Blumensamen-Sortimente.

Sommerblumen

ganz nach meiner Wahl.

12 Sorten	neueste von 12—24 kr.	2 fl. —
12 —	neue von 6—12 kr.	1 fl. 12
25 —	neue von 6—12 kr.	2 fl. —
50 —	neue von 6—12 kr.	3 fl. 30
12 —	von 3—6 kr.	— 30
25 —	von 3—6 kr.	1 fl. —
50 —	von 3—6 kr.	1 fl. 48
12 —	Immortellen (Strohbl.)	— 48

Aster.

12 Farben Zwerg-Aster	— 36
15 — Truffaut's Chrysanthemum Zwerg	1 fl. 24
9 — niedere grossbl. Paeonien oder Rosenaster	1 fl. 15
12 — Uhlands-Aster	1 fl. 24
12 — Victoria-Aster	1 fl. 48
25 Farben Paeonienblüthige Truffaut's	1 fl. 48
12 — Dippes Paeonien Perfect	1 fl. 36
15 — Truffaut's imbrique pompon	1 fl. 24
7 — Kranz oder Kronen	— 36
4 — Deutsche Kaiserarten	— 48
Die ganze Collection Aster	10 fl. —

Levkoyen.

12 Farben englische Sommer	1 fl. —
12 Farben englische grossblumige	1 fl. —
8 — immerblüh. Sommer	1 fl. —

4 Farben	neue Bouquet	36
8 —	grossblumige Pyramiden Sommer	1 fl. 12
6 —	grossblumige Zwerg-Pyramiden	1 fl. 12
6 —	neue frühblühende Herbst	1 fl. 12
12 —	Winterlevkoyen	1 fl. 12
5 —	Zinnia elegans fl. pl.	1 fl. —
7 —	Rosen-Camellien-Balsaminen	1 fl. —
10 —	Nemophilla	— 36
10 —	Phlox Drummondii	1 fl. —
10 Sorten	Ricinus	1 fl. —
10 —	Portulaca	— 45

Schlingpflanzen.

12 Sorten	neueste	2 fl. —
12 —	neuere und ältere	1 fl. 30
25 —	neue und ältere	2 fl. 48
18 —	Ipomoea	1 fl. —

Topfpflanzen.

12 Sorten	neueste	2 fl. 48
12 —	ältere	1 fl. 12
12 —	Canna	1 fl. —

Freilandpflanzen.

12 neue Sorten	2 fl. —
25 neue	3 fl. 30
12 ältere und neuere	1 fl. —
12 Sorten von immergrünen Sträuchern	1 fl. 30

per Stück kr.		per Stück kr.

Amaryllis formosissima, starke Zwiebel . . . . — 12
— speciosa 1 fl. 12 kr., stark 1 fl. 36
— vittata . . . . 1 fl. 12
— vittata rubra . . . . . 1 fl. 12
Anemonen, einfache, in den schönsten Farben gemischt, 12 Stück 24

Anemonen, gefüllte in allen Farben gemischt, 12 Stück 30
— gefüllte, feurig, scharlachrothe 12 Stück. 45
— gefüllte, gross, dunkelblau, 12 St. 36
Canna, 12 verschiedene Sorten. neu 4 fl. —
12 verschiedene im Rommel 1 fl. 30

Gladiolus.

Nro. per Stück kr.

2. Amabilis, sammtig brillant roth mit gelb 12
3. Archimède, hellroth mit chamois 12
4. Aristote, fleischfarb roth gestreift 15
5. Bérénice, rosa, orangeroth gestr. 24
6. Canari, hellgelb rosa gestreift . 36
7. Céline, weisslich rosa karmin gestr. 24
8. Chateaubriand, kirschrosa mit hellem Grund 24
9. Courantii fulgens, leuchtend roth 12
11. Daphné, hellkirschroth, karmin getupft 24
12. Diane, statt fleischfarb rosa gestreift, karmin gesprengt, mit weissem Grund 42
13. Dr. Andry, feurig orange . . . 24
15. Edith, fleischfarb rosa, dunkler gestreift 24
16. Egérie, hellorangerosa, dunkler gestreift 18
17. Emma, hellkarmin, nieder . . . 12
18. Eugène Verdier, kellkarmoisin mit dunkelpurpur, niedrig 24
19. Fanny Rouget, leuchtend sattrosa 12
20. Floribundus, in den schönsten Farben von weiss in rosa übergehend, 12 St. 1 fl. 30 kr. 12
21. Galathée, fleischfarb, karmin getupft 18
22. Gandavensis, schön 12
12 Stück 1 fl.', 25 Stück 2 fl.
25. Gréthry, dunkelroth 12
26. Hébé, fleischfarb, karmin gestr. 30
27. Impératrice, weiss, rosa getupft 15
28. Janire, orangeroth 18
29. Keteleri, brillant karmin, violett getupft 24
31. Le Bariolé, fleischfarb karmin, violett gestreift . . . . . . — 24
32. Louis Van Houtte, sammtigroth, violett getupft 15
33. Mad. Couder, sattrosa mit violett 18

Nro. per Stück kr.

34. Mad. Eugène Verdier, blendend roth mit pupur makulirt, extra 36
36. Mad. Paillet, zinnoberkarmin mit violett 24
37. Mad. Souchet, fleischfarb, dunkelrosa getupft 30
38. Mad. Victor Verdier, dunkelrosa karmin, violett makulirt . . . 18
39. Mars, scharlachroth 24
40. Mazeppa, orangerosa mit gelb . 30
42. Monsieur Blouet, feurig rosakarmin, marmorirt 12
43. Monsieur Corbay, hellorangeroth mit violett 24
45. Monsieur Vinchon, lachsroth, weiss gestreift 15
46. Napoléon III., leuchtend scharlachroth mit weiss 36
47. Neptune, roth, karmin gestreift 15
49. Ophir, dunkelgelb, purpurgetupft 48
51. Othello, hellorangeroth 18
52. Pallas, rosa, dunkler gestreift . 18
53. Pégase, fleischfarb, purpurkarmin getupft 15
54. Pellonia, rosa, karmin gestreift 15
55. Prémices de Montrouge, leuchtend sammtroth 18
56. Prince impérial, weiss mit leicht fleischfarb 36
58. Reine des Belges, dunkelroth . 12
59. Rembrandt, brillant dunkelscharlach 18
60. Robert Blum, orangeroth . . 12
62. Sulphureus, schwefelgelb . . . 36
63. Triomphe d'Enghien, sammtig acajouroth, gelb mit purpur gestreift 15
66. Vesta, rein weiss mit karmin . 36
67. Victor Verdier, brillant [scharlach 36
Nach meiner freien Wahl erlasse ich, in Sorten von 12—18 kr., 6 Sorten 1 fl., 12 Sorten 2 fl., 25 Sorten 3 fl. 30 kr.

<table>
<tr><td>

per Stück kr.

Von Sorten von 24—48 kr., 6 Sorten 2 fl., 12 Sorten 4 fl., 25 Sorten 7 fl.

Gladiolus ohne Namen verschiedene Sorten und Farben, starke blühbare Zwiebel, 12 Stück 1 fl., 25 St. 1 fl. 30 kr., 100 Stück 5 fl.

Lilium auratum, abgebildet in der illustrirten Gartenzeitung, blühbar 2 fl. —

— bulbiferum 12

— candidum 12

— croceum 12

— lancifolium album, stark . . . 36

—   »   punctatum . . 1 fl. —

—   »   roseum, stark . . 30

—   »   rubrum, stark . . 36

—   »   corymbiflorum . . 48

— longiflorum 12

— tigrinum 12

</td><td>

per Stück kr.

Ranunkel, gefüllte türkische, rothe, sind besonders zur Topfkultur zu empfehlen, 12 Stück 24

1 Sortiment gef. türkische Ranunkel in 15 Farben je 2 Stück sortirt 1 fl. 12

Ranunkel, persische für den Garten, Prachtrommel in den schönsten Farben gemischt, 12 Stück 24 kr., 25 St. 45 kr., 100 St. 2 fl. 30 kr., gewöhnliche gefüllte im Rommel 12 Stück 15 kr., 25 St. 24 kr., 100 Stück 1 fl. 24 kr.

Tigridia pavonia, Pfauenlilie . . . 6

Tritonia aurea 12   12 Stück 1 fl. 12

Tuberosen, gef., starke 12   schwächere à 6   12 Stück 1 fl. —

</td></tr>
</table>

Neue Gladiolus.

Nro.	1 Portion kr.		Nro.	1 Portion kr.

68. Antonius, kirschroth mit orange und weiss 48

69. Achille, Johannisbeerroth mit weiss gestreift 48

70. Bertha Rabourdin, rein weiss und karmin Streifen 42

71. Brenchleyanus, prächtig scharlach 24

72. Cardinal, zinnoberroth mit violett 1 fl. —

73. Cérès, rein weiss, rosa gestreift 48

74. Comte de Morny, dunkelpurpur mit weiss und violett gestreift 36

75. Crystal Palace, weiss mit leicht rosa gestreift 48

76. Eldorado, rein gelb mit roth gestreift 36

77. Eugène Delamare, hell kirschroth 36

79. Flavia, brillantroth 36

80. James Carter, brillant orangeroth mit weiss gestreift 48

81. John Bull, weiss mit gelbem Anflug 30

82. Junon, weiss mit lila gestreift 1 fl. —

84. Le Dante, prächtig dunkelrosa mit rein weiss gestreift . . . 48

85. Lord Granville, strohgelb rosa gestreift 36

86. Mad. Binder, rein weiss karmin gestreift 36

87. Mad. de Vatry, weisslich gelb, karmin gestreift 36

88. Mad. Haquin, gelblich weiss, lila gezeichnet 24

89. Mad. Leséble, rein weiss mit violettrosa 48

90. Meteor, brillant dunkelroth mit rein weiss gestreift, prachtvoll 48

91. Mirabilis, leuchtend dunkelrosa 30

92. Oracle, brillant kirschrosa . . 30

93. Pluton, dunkelscharlach mit weiss gestreift . . . . 1 fl. —

94. Rubens, hellzinnober auf weissem Grund 42

95. Velleda, sattrosa 36

96. Molière, dunkelmenningroth . . 24

Nach meiner Wahl erlasse ich von obigen Neuheiten 6 Sorten 3 fl., 12 Sorten 6 fl., 25 Sorten 12 fl.

PFLANZEN-CATALOG.

1. Rosen.

Einen Hauptzweig meiner Kulturen bilden die Rosen. Ich besitze von dieser Königin aller Blumen sowohl das Neueste, als auch das vorzüglichste Aeltere. Die mit einem h bezeichneten Sorten sind nur in veredelten starken Kronenbäumchen von 2½ bis 5' zum Abgeben. Die mit n bezeichneten nur in niedrigen, meist wurzelächten oder veredelten Exemplaren, und die ohne Bezeichnung eines h oder n sowohl hochstämmig wie niedrig zum Abgeben. Die niedrigen Rosen sind in Töpfen kultivirt und kann der Versandt auch in den Sommermonaten fortgesetzt werden.

Ich erlaube mir, die Herren Liebhaber einzuladen, sich zur Zeit des Rosenflors von der Mannigfaltigkeit und Pracht meiner Rosensammlung zu überzeugen.

Abkürzungen: s. gr., bedeutet sehr grossblumig, m. gr., mittelgross, kl., kleinblumig, g. gbt., gut gebaut, st gef., stark gefüllt.

Die mit einem * bezeichneten Sorten sind in dem prachtvollen Prämienblatt vom Jahrgang 1868 der Illustrirten Gartenzeitung abgebildet.

Neueste Rosen von 1871.

Abgebbar in niederen Winterveredlungen.

Hybride Remontantes.

1753. Henri Pajes (Levet) Strauch kräftig, Bl. gr. centifolienförmig, prächtig leuchtend rosa, stammt von Victor Verdier, 1 fl. 45 kr.

1754. Marie Gonod (Gonod), Bl. m. gr. reinweiss, stammt v. Mad. Laffay, 2 fl.

1755. Mons. Cordier (Gonod), Strauch kräftig sehr gr. gef. scharlachroth, stammt von Géant de bataille, 2 fl.

1752. Victor Pulliat (Ducher) Thea, gr. gef., gut geb., weiss mit hellgelb, stammt von Melanie Willermotz, 2 fl.

Neue Rosen von 1870.

Abgebbar in niedern Winterveredlungen.

Nach Wahl der Herren Besteller, 1 Stück 48 kr., 12 St. 8 fl., 25 St. 15 fl. Nach meiner Wahl, 6 Sorten 3 fl. 30 kr., 12 Sorten 7 fl., 25 Sorten 12 fl.

Indica Thea. — Thee-Rosen.

nBelle Lyonnaise, dunkelkanariengelb, in lachsgelb übergehend.

nCatherine Mermet, zartfleischfarb, rosa.

nChamois, gemsengelb, in kupfergelb übergehend.

nJeanne d'Arc, hellgelb.

1743. n Lamarque à fleurs jaunes, breit, sehr gef., dunkelgelb.

nLe Mont Blanc, weisslichgelb.

n Mad. Hypolite Jamin, gr. reinweiss, Mitte kupfriggelb mit rosa.

nMad. Levet, lachsgelb.

n » Trifle, eiergelb.

1757. nSulfureux (Ducher), Bl. m. gr. gut gef., schwefelgelb.

nTour Bertrand, prächtig hellgelb.

nUnique, grundweiss mit purpurrosa berandet.

nNoisette Rêve d'or, dunkelgelb.

Rosa Bourbonica — Bourbon-Rosen.

nAmélie de la Chapelle, zart fleischfarbig rosa, wohlriechend.

n Mad. Forcade la Roquette, johannisbeerenroth.

n Mad. Just Detrey, leuchtend sammtig carminroth.

nMademoiselle Favart, seidenartig glacirtes rosa.

1744. *n* Souvenir du Baron de Rothschild, karmoisinroth.

n Souvenir de Nemours, frisch leuchtend rosa.

Hybrides remontantes.

n Abbé Giraudier, kirschenroth.

n Adelina Patti, leuchtend carminrosa.

n Albert Dureau, leuchtend roth mit hochroth schattirt.

n Albion, scharlach kirschenroth.

n Alexander von Humbold, gross, leuchtend rosa.

n Auguste Neumann, leuchtend roth mit violett und feuerroth nuancirt, oft mit weiss marbrirt.

n Baron Chaurand, sammtig scharlachroth, Centrum schwarz purpur nuancirt.

n Ch. Turner, glänzend roth.

n Comte de Ribaucourt, dunkelroth mit leuchtend carmoisin.

n Comtesse d'Oxford, leuchtend karmin mit roth nuancirt.

n Edouard Moren, zart frisch carmin rosa.

n Elisa Bœlle, weisslich rosa, ins rein weis übergehend.

n Enfant de Châtillon, purpurroth mit feuerroth nuancirt.

n Eugène Vavin, leuchtend kirschenroth.

1745. *n* Exposition de Havre, gr. gef. dunkelkarminroth.

n Ferdinand de Lesseps, purpurroth mit violett nuancirt.

n Général de la Martinière, dunkel weinroth, Centrum leuchtend carmin rosa.

n Général Grant, scharlachroth mit dunkel carmesin schattirt.

1746. *n* Général Milaradowitsch, gr. hellroth mit karmin schattirt.

n Hippolyte Jamin, schön rosa.

1747. *n* Jacob Pereire, blendend feuerroth mit purpur.

n Jeanne Guillot, leuchtend seidenartig rosa mit purpur nuancirt.

n John Berners, Magenta rosa mit leuchtend carmesin tuschirt.

n Jules Chrétien (Damaizin), leuchtend seidenartig rosa.

1748. *n* Jules Seurre, blaukarmin, Centrum leuchtend roth.

n Juliette Halfen, schön fleischfarbig rosa.

n La Motte Sanguin, leuchtend carminroth.

n Louisa Wood, sehr schön leuchtend rosa.

n Mad. Ambroise Triolett, lachsrosa.

n Mad. Angel Dispott, purpurroth mit feurig scharlachrothem Widerschein.

n Mad. Clorinde Leblonde, glänzend sammtig roth.

n Mad. Elisa Jaenisch, blutroth mit glänzend feuerroth nuancirt.

n Mad. Fey-Pranard, blass rosa mit weiss.

1749. *n* Mad. Laurent, leuchtend kirschroth.

n Mad. Liabaud, weiss rosa in rein weiss übergehend.

n Mad. Richer, schön dunkelrosa.

n Mad. Victor Wibaud, frisches lachsrosa.

n Mademoiselle Berthe Bartherai, hell leuchtend kirschrosa.

n Marie de St.-Jean, schön rein weiss.

n Marquise de Castelane, leuchtend rosa.

n Maurice Perrault, leuchtend kirschenroth mit feuerroth erhellt.

n Newton, leuchtend, johannisbeerenroth.

n Paul Néron, dunkelrosa.

n Perle Blanche, weiss mit leicht fleischfarbig.

1750. *n* Reine des Blanches (Crozy), weiss, Centrum rosa.

1751. *n* Secretaire Allard m. gr. gut geb. sammtig zinnoberroth.

n Sénateur Chevreau, leuchtend roth, Ränder der Petallen weisslich.

n Souvenir du Prince Royal de Belgique, hochroth mit sehr dunklem sammtigem Widerschein.

n Van Houtte, amarant feuerroth, Bänder der Petallen schwarz carmoisin.

n Ville de Laon, schön weiss, wie silberiges metallrosa.

Rosa muscosa remontantes.

1684. Mad. William Paul, leuchtend rosa.

1736. Maupertius.

1738. Souvenir de Pierre Vibert.

Bengal-Rose.

Ducher, reinweiss.

Neue Rosen von 1869.

Nach Wahl der Herren Besteller, niedrig veredelt oder wurzelächt 1 Stück 40 kr., 12 Sorten 7 fl.

Nach meiner Wahl 6 Sorten 3 fl. 12 kr., 12 Sorten 6 fl. Hochstämme von 3—5′ à 1 fl. 12 kr.

Thea.

n Adrienne Christophle, kupfrig aprikosengelb mit rosa Herzen.
n La Tulipe, weiss mit rosa.
n Mad. Céline Noirey, purpurroth, inwendig rosa.
n Marie Ducher, prachtvoll hellrosa.
n Marie Sisley, hellgelb mit rosa.
Montplaisir, dunkelsalmengelb.

Noisette.

Margarita, brillantgelb mit breiter, weisser Einfassung.

Hybrides remontantes.

Adolphe Brongniart, feurig karminroth.
Adrien de Montebello, frisch rosa.
n Alba floribunda, rein weiss mit fleisch-
farb Anflug.
André Leroy, dunkelviolett.
Berthe Baron, tief rosa mit weiss.
Charles Fontaine, dunkelroth, purpur be-
leuchtet.
Charles Lee, dunkelzinnoberroth.
Commandant Mansuy, feurigroth.
Duc d'Edinbourg, feurig karmin pur-
purroth.
n Emilie Hausburg, satinirt rosa mit
weiss genervt, prachtvoll.

n Géant de Batailles à fleurs roses, sattrosa.
Julie Touvais, frisch jungfräulich rosenroth.
La France, inwendig silberweiss, aussen
lilarosa, prachtvoll.
n Mad. Canrobert, brillant feurig karminroth.
n Mad. Creyton, brillant karminrosa mit
weissen Punkten.
n Mad. Lierval, hellkarminrosa.
n Mad. Jacquier, bischofsviolett.
n Marcel Grammont, dunkelbraunroth.
n **Marquise de Mortemart,** glänzend
weiss, im Herzen fleischfarb.
n Maurice Lepelletier, prächtig zinnoberroth.
n Minerva, karmoisin, in feuerroth übergehend.
Miss Ingram, fleischfarb, in weiss übergehend.
n Mons. Journeaux, scharlachroth.
n Reine blanche, weiss mit rosa Anflug.
Réné Daniel, kirschroth.
Souvenir de Poiteau, prächtig salmenrosa.
Thyra Hammerich, prachtvoll grossbl.
fleischfarbrosa.
n Victor le Bihan, feurig karminrosa.
n Victor Trouillard père, prächtig roth
in violett übergehend.

Neue Rosen von 1867 und 1868.

Nach Auswahl erlasse ich in niedrigen Exemplaren per Stück 36 kr., 12 Sorten
6 fl., nach meiner Wahl 6 Sorten 2 fl. 36 kr., 12 Sorten 5 fl. In Hochstämmen
von 3—5′ à 1 fl. Nach meiner eigenen Wahl 12 Sorten Hochstämme 10 fl.

Rosa hybrida remontante.

Abraham Lincoln, schwarz purpur.
Alfred Colomb, prachtvoll feuerroth.
Achille Gonod, feurig karminroth.
Alba mutabilis, weiss mit rosa.
h Baron Haussmann, ponceauroth.
Baron de Lassus, kirschroth mit rosa
satinirt.
Barone de Bauverger, kirschrosa.
Baron Prévost marbrée, hellrosa mit
feurig karmin marmorirt.
Berthe Lévêque, weiss in rosa über-
gehend.
Belle Normande, silbrig sattrosa.
Belle rose, gross fleischrosa.
Boule de neige, prachtvoll reinweiss.
Carl Coers, gross dunkelpurpur.
Charles Margottin, prachtvoll karmin,
Mitte feurig roth.

Charlotte Corday, gross prachtvoll pur-
purroth.
Comtesse de Vallier, violett.
Coquette des Alpes, weiss, Mitte karmin.
Curé de Charentay, dunkelpurpur.
Constant Lussau, hellviolettroth.
Denis Helye, leuchtend karminrosa.
Doctor Andry, feurig dunkelkarmin.
Doctor Hurta, gross feurigrosa in pur-
pur übergehend.
Duchesse d'Aoste, glacirt rosa.
Duchesse Caylus, scharlach karminroth.
Duchesse de Medina Coeli, dunkelpurpur
blutroth.
Elise Morel, lilarosa mit weiss.
Enfant d'Ameugny, sattrosa weiss ge-
streift.
Ernest Bonceune, Mitte dunkelrosa mit
hellrosa marmorirt.
*Fisher Holmes, brillant scharlachroth.
Forster, ponceauroth mit violett.

François Fontaine, feurig dunkelpurpur.

Général Barral, schön violett rosa.

Général Desaix, sammtig feuerroth.

Gloire de Ducher, gross. Mitte prachtvoll, purpur mit schieferviolett umgeben.

Gustav Persin, feurig purpurroth.

Heliogabale, sammtig brillantroth.

Jean Rosenkranz, feurig korallenroth.

Jean Lambert, feurig hochroth.

Jean Brosse, dunkelrosa.

John Keynes, dunkelscharlach.

Jules Calot, karmin mit weiss geadert.

Jules Burgeois, sammtig dunkelroth.

Kings Acre, zinnoberscharlach.

La Lisette de Béranger, fleischfarb mit weissem Grund.

L'aurore du matin, prachtvoll aurorarosa.

Leonie, hellkirschroth.

Mad. Adèle Huzard, feurig rosa weiss genervt.

Mad. Alice Dureau, prächtig hellrosa.

Mad. André Leory.

Mad. Barriot, karminrosa.

Mad. Elisa Vilmorin, prachtvoll glänzend, sammtig karmoisinroth.

Mad. Gonod, hellrosa, Rückseite weiss.

Mad. Hoste, fleischfarb.

Mad. Herrmann Stenger, lebhaft gelblich rosa.

Mad. Georg Paul, feurig dunkelrosa.

Mad. La Baronne Haussmann, prachtvoll feurig karmoisin.

Mad. La Baronne Maurice de Graviers, feurig kirschroth mit rosa.

Mad. la Baronne de Rothschild, gross schalenförmig gebaut, prachtvoll sattrosa mit weiss umflort.

Mad. Louisa Seydonse, hellrosa weiss glacirt.

Mad. la Comtesse de Turenne, leuchtend sattrosa, Mitte dunkler.

Mad. Marie Cirrode, fleischrosa.

h Mad. Rolland Mareaux, hellroth.

Mlle. Amélie Halphen, lebhaft karminrosa.

Mlle. Annie Wood, leuchtend hellroth.

Mlle. Elisa Chabrier, prachtvoll sattrosa, die Mitte heller.

Mlle. Léonie Persin, lebhaftrosa, weiss glacirt.

Mlle. Loïde de Falloux, weiss mit rosa.

Mlle. Marie Rady, roth mit weiss satinirt.

h Mlle. Thérèse Clomner, feurig rosa.

Mlle. Margarite Dombrain, gross, frisch, jungfräulich rosenroth.

Maréchal Bazaine, karminrosenroth.

*Marguerite de St. Amand, frisch, feurig rosenroth, sehr wohlriechend.

*Marie Boisé, reinweiss.

Merveille d'Anjou, gross purpurroth.

Mons. Barrillet-Dechamps, brillant roth.

Mons. Boncenne, dunkelsammtig schwarzbraun, prachtvoll.

Mons. Woolfield, feurigrosa.

Napoleon III., leuchtend scharlach mit schieferviolett.

Panachée de Luxemburg, purpur und violett mit rosa gestreift.

Pline, zinnober und violettroth.

Pitord, feurigroth, Mitte violett.

Prince de Borgia, feurig zinnoberroth.

Prince Eugène de Beauharnais, purpur feuerroth.

Prince Humbert, sammtig glänzend amaranth violett, prachtvoll.

Président Willermoth, feurig rosa.

*Präsident Mas, sammtig roth.

Rosa Mundi, lieblich rosenroth.

n Rushton Radclyffe, hellkirschroth.

Sémiramis, fleischfarbrosa.

Souvenir d'une mère, sattrosa.

Souvenir de William Wood, schwarzbraun.

Souvenir de Dr. Jamin, blau violett.

Souvenir d'Abraham Lincoln, feurig karmoisin purpur und rosa.

Souvenir de François Ponsard, feurig rosa.

Tournefort, scharlachroth.

Triomphe des Français, karmoisinroth.

Triptoléme, feurig scharlachroth.

Velours pourpre, sammtig karmoisin, scharlach mit purpur beleuchtet.

h Vicomtesse de Vesins, feurig rosa.

William Bull, feurig kirschroth.

Rosa Bourbonica.

Jules César, prächtig kirschrosa.

Mad. Charles Baltet, frischrosa.

Marguerite Bonnet, fleischfarbrosa.

Mlle. Marie Larpin, tiefrosa mit weiss.

Prince Napoléon feurigrosenroth.

Rosa indica Thea.

h Belle Cuivre, kupferrosa.

h Jean Pernet.

h Isabella Sprunt, schwefelgelb.

h Mad. Bremont, karminroth.

h Mad. Falcot, hellgelb.

h Mad. Furdato, schwefelgelb.

Mad. Margottin, citronengelb, prachtvoll.

*Marechal Niel, gross prachtvoll goldgelb.

h Reine de Portugal, dunkelgelb in kupferroth übergehend.

Rosa muscosa remontante.

Eugénie Guinoisseau, kirschroth in violett übergehend.
James Veitsch, violett schieferfarb.
Mad. Platz, feurigrosa.
n Mad. Legrand, rosa.
n Sophie de Morcilly.

Rosa Hybrida remontante.
Vorzügliche Sorten früherer Jahre.

Von nachstehenden besten älteren Sorten erlasse ich nach Wahl der Herren Liebhaber in wurzelächten und auf Sämlinge veredelten Exemplaren 1 St. 24 kr. 12 St. 4 fl. Nach meiner Wahl mit Berücksichtigung der Wünsche der Herren Liebhaber, ob Remontante, Bourbon etc. gewünscht werden, 6 Sorten 1 fl. 45 kr., 12 Sorten 3 fl. 12 kr., 25 Sorten 6 fl., 50 Sorten 12 fl., 100 Sorten 24 fl.

In starken Kronenbäumchen erlasse ich nach Auswahl von $1^1/_2$ bis 3' hoch per Stück 36 kr., von 3—5' hoch per Stück 48 kr.

Nach meiner Wahl von $1^1/_2$—3' hoch 12 Sorten 6 fl. —
von 3—4' hoch 12 Sorten 8 fl. —
von 4—5' hoch 12 Sorten 9 fl. —
von 5—6' hoch 12 Sorten 10 fl. —

Bei Auswahl der Sorten bitte ich stets einige mehr zu wählen, um etwa vergriffene zu ersetzen.

h Abbé Raynaud, schieferviolett.
h Abel Grand, atlasrosa.
Adélaide de Rotalier, leuchtend rosa.
Alexandre Fontaine, leuchtend karmin.
Alexandrine Bachmeteff, dunkelroth.
h Alfrede de Rougemont, feurig karminpurpur.
Alphonse Damaisin, feurig scharlach.
h André Vilnat, sammtig violettroth.
Anna von Diesbach, gross, leuchtend karminrosa.
h Archevêque de Paris, sammtig purpur.
h Arlès Dufour, dunkelpurpur, Mitte violett.
h Aspasie, hellroth mit karmoisin.
Auguste Pajol, dunkelkarmin.
Baron Athalin.
Beauté française, dunkelroth mit violett.
Belle des Massifs, rosa.
Belle du printemps, rosa, roth gestreift.
Bernard Palissy, feurig karminroth.
Capitaine Reynard, reinweiss.
h Capitaine Paul, leuchtendroth.
h Cardinal Patrizzi, roth mit purpurbraun.

Centifolia rosea, Geruch und Farbe der Centifolien-Rose.
h Charles Verdier, rosa.
h Charlemagne, lebhaft kirschroth.
Christian Puttner, dunkelpurpur karmoisin.
Claude Million, amarant schieferfarb.
h Comte Alphonse de Sérénye, hellroth mit purpur.
h Comtesse de Curcy.
*Comtesse Cécile de Chabrillan, prachtvoll glacirtes rosenroth, sehr wohlriechend.
h Comtesse de Chancourt.
Deuil du Prince Albert, dunkelschwarz karmoisin.
h Deuil du Prince Jérôme.
h Docteur Vingtrinier, feurig karminpurpur.
n Doctor Spitzer, lebhaftroth.
Duc de Harcourt, blendend karmin.
Duc d'Aumale, dunkelroth.
h Duc de Rohan, zinnoberroth.
*Duc de Cazes, brillant sammtig schwarzbraun.
h Empereur Napoléon, sammtig karmoisin.
Empereur de Maroc, sammtig schwarz.
Eugène Bourcier, sammtig purpurroth.
Eugène Appert, lebhaft karmin.
Eugénie Dubus, karminroth.
h François Louvat, roth mit lila.
h Frédéric Bihorel, violettroth.
Froissard, karminrosa.
h Géant de Bataille, feuerroth.
Général Jaqueminot, sammtig roth.
Général Simpson, karminroth.
Général Washington, feuerroth.
Génie de Chateaubriand, amarant mit violett.
h Gerbes de roses, lilarosa.
George Paul, feurig blendend rosa.
George Prince, feurig zinnoberrosa.
Gloire de Santenay, dunkelpurpur.
h Gloire de France, dunkelkarmin.
h Gustave Coreaux, purpurroth.
h H. Laurentius, sammtig karmoisin.
h Horace Vernet, sammtig purpur.
h Jacques Lafitte, violettroth.
h James Dickson.
Jean Touvais, prächtig purpurroth.
n Jean Bapt. Josseau, gr. fleischrosa.
n Jean Goujon, prächtig hellroth.
h Jean Bapt. Guillot, bischofsviolett.
*Impératrice Eugénie, reinweiss.
*John Hopper, brillant karminrosa.
John Nesmith, karmoisin purpurroth.
Joseph Fiala, dunkelroth weiss geadert.
Jules Margottin, feurig karmin.

h Kate Hausburg, lebhaftrosa.
h Lacépède, hellroth.
La Duchesse de Morny, schön sattrosa.
La globuleuse, glacirt dunkelrosa.
h La Rhocenne, karmin.
h La Tendresse, Hortensienrosa.
h La Tour de Croy.
h Le Baron de Rothschild, dunkelkarmin.
n Le Juif errant.
h Le Rhône, leuchtend feurig zinnober-
    roth.
L'Enfant du mont Carmel, dunkelroth.
h Leopold Hausburg, purpurkarmin.
Lord Raglan, feuerroth mit schwarz-
    purpur eingefasst.
h Louis Van Houtte, karminrosa in feurig-
    roth übergehend.
h Louis XIV., sammtig karmoisinroth.
Louise Darcens, reinweiss.
n Louise Magnan, reinweiss.
n Louise Damaisin.
h Mad. Andry, rosa.
h Mad. Boutin, lebhaftroth.
h Mad. Gaillat, sanftrosa.
n Mad. Charles Roy, lilarosenroth.
h Mad. Charles Wood, feurig karminrosa.
Mad. Clémence Joigneau, karmin.
Mad. de Canrobert, weiss in lila über-
    gehend.
h Mad. Derreux Douville, sattrosa.
n Mad. Desirée Giraud, rosa mit kar-
    moisin gestreift.
h Mad. Ducamp, schön purpurroth.
h Mad. Erneste Dréole, dunkelrosa mit
    lila.
h Mad. Freemann, gelblichweiss.
h Mad. Furdato, prachtvoll feurig kar-
    minrosa.
h Mad. Georg Paul, leuchtendrosa.
Mad. Hélye, lila karminroth.
h Mad. Herault, amarantroth.
Mad. Julie Daran, karminzinnoberroth.
Mad. Laffay, hellkarminroth.
h Mad. Rival, zartrosa.
Mad. Victor Verdier, brillant feurig
    kirschrosa.
Mad. Vidot, seidenartig fleischfarbrosa.
h Mad. William Paul, feurig violettroth.
h Madelaine Nonin, lachsrosa.
h Mlle. Adèle Launay, sattrosa.
Mlle. Gabriele de Perrony, feurigroth
    mit violetter Mitte.
h Mlle. Jeanne Marie, karminrosa.
h Mlle. Malvina, lebhaft feurigroth, Mitte
    violett.
h Mlle. Marie Rady, leuchtendroth mit
    weiss berandet.
Maréchal Canrobert, feurigrosa.

Maréchal Forey, sammtig karminroth.
    » Vaillant, purpurroth.
h Marcella, lachsrosa.
h Marguerite Lecureux, scharlach, öfter
    mit weissen Streifen.
Marie Baumann, dunkelkarmin schwarz
    und violett beleuchtet.
h Marie Thiery, dunkelrosenroth.
Maurice Bernardin, hellzinnoberroth.
h Mexico, sammtig purpurroth.
h Mons André, lebhaft fleischfarb.
h Mons. Lauriol de Barny, johannisbeer-
    roth.
n Monte Christo, sammtigbraunkarmoisin,
    feuerroth.
h Mousseline, zartrosa.
n Murillo.
Oriflamme de St. Louis, karminroth.
Paeonia, feurigkarmin.
Panachée d'Orleans, zartrosapurpur und
    dunkelrosa gestreift.
Paul Desgrand, hellroth mit violett gez.
n Pauline Lansezeur, karmin.
h Pavillon de Prégny, reich blühend, hälf-
    tig roth und hälftig weiss.
*Pierre Notting, schwarzroth.
h Prairie de terre noire, purpur mit pensée,
    violett gezeichnet.
h Prince Henry des Pays-Bas, karmoisin.
Prince Camille de Rohan, gross sammtig,
    schwarz karmoisin.
Professeur Koch, dunkelkirschroth.
h Puebla, dunkelamarantroth.
h Queen Victoria, gross weisslichrosa.
Reine des violettes, purpurviolett.
n Reine Mathilde, sanft lebhaftrosa.
Reinolds Hole, brillant rosa.
Richard Smith, dunkelpurpur mit violett.
n Robert, karminrosa mit weiss marmorirt.
n Rose de la reine, violettrosa.
h Rose perfection.
Sénateur Favre, leuchtend zinnoberroth.
n Senateur Reveille.
Senateur Vaisse, leuchtend karmoisinroth.
h Simon de St. Jean.
h Soeur des anges, gross sanftfleischfarb-
    rosa.
h Sophie de Morcilly.
h Souvenir de Ch. Montault, feuerroth.
h Souvenir de Lady Hardley, scharlachroth.
    » de la reine des Belges, karmin.
    » de la reine d'Angleterre, rosa.
    » de Leveson Gower, dunkellachs-
        karmin.
h » du Camp. de Mars, purpur-
        braunroth.
h Souvenir de M. Rousseau, roth mit weiss.

h Souvenir du Compte Cavour, sammtig karmoisin, feuerroth.
h Tour de Malakoff, roth mit hellviolett.
Triomphe d'Amiens, scharlachkarmin, weiss genervt.
Triomphe d'angère.
    » de l'exposition, feurigkarmoisinroth.
h   » de Rouen, karminrosa.
    » de Paris, dunkelroth.
    » des beaux arts, dunkelroth.
h Turenne, leuchtendroth.
h Vainqueur de Goliath.
h   » de Solferino.
n Vicomte de Montesquion.
h   » Vigier, lebhaft violettroth.
Victor Verdier, karminrosa.
h Ville de Lyon, dunkelrosa.
Vulcain, schwarz purpur violett.
*Wilhelm Pfitzer, feurig scharlachroth.

Rosa Bourbonica.

Aline Pieron, fleischfarb.
Augustin Margat, rosa.
Baronne de Noirmont, prächtig rosa.
Catharine Guillet, karminrosa.
h Docteur Berthet, purpurkarmin.
h Docteur Leprester, feurig purpur.
Duc de Crillon, feurig rosenroth.
h Du petite Thouars, dunkelroth.
n Ferdinand Dippe, violettroth.
h François Herincq, dunkelrosenroth.
n Heroïne de Vaucluse, karminrosa.
Lady Emily Peel, weiss karmin eingefasst.
La Quintinie, dunkel violettroth.
Leveson Gower, kupferrosa.
Louise Margottin, sanftrosenroth.
Louise Odier, leuchtendrosa.
h Mad. Angeline, nankinggelb.
    » de Stella, lebhaftrosa.
n   » Doré, weisslich hellrosa.
    » Guillot, lebhaft karmin.
    » Malherbes, fleischrosa.
n   » Schmidt, purpurrosa.
    » Stella Bagari, rosa.
n Marie, hellkarmoisin.
h Marquise de Balbiano, dunkelrosa.
h Marquis de Bethisy, karmin.
Marquis du Buisson, weiss.
Mistresse Bosanquet, zart inkarnat.
Mrs. de Lincères, feuerroth.
Octavie Fontaine.
Parfait, leuchtend rosa.
Paxton, rosig feuerroth.
h Prince Albert, karmoisinroth.
Reine des Castilles.
Reine des Iles de Bourbon, blassrosa.
Reverend H. Dombrain, brillant karmin.

h Souchet, purpur mit karmin.
Souvenir de Malmaison, schönstes Atlasrosa.
h Triomphe de la Duchère, lilarosa.
h Victor Emanuel, gef. purpurroth.

Indica Thea.

Alba rosa, weiss, im Herzen rosa.
Belle de Bordeaux, rosa mit rother Mitte.
Canari, hellgelb.
Cerise pourpre, dunkelkirschroth.
Comtesse Brossard, hellgelb.
Comtesse de Woronzow, dunkelfleischfarbrosa.
Comtesse Ouwaroff, hellroth.
Devoniensis, gr. weisslichgelb.
h Enfant de Lyon, hellgelb.
Ester Pradel.
Favorite, dunkelroth.
h Fleure de Cypris, blassrosa.
Gloire de Bordeaux, dunkelrosa.
Gloire de Dijon, zartlachsgelb.
*Jaune d'or, goldgelb.
Isabella Grey, goldgelb.
La boule d'or, eiergelb.
h Lamarque, gross reinweiss.
h Mad. Bravy, reinweiss.
Mad. Damaisin, lachsfarbigrosa.
Mlle. Amanda, lebhaft roth.
Mélanie Villermoz, weiss mit lachsfarb.
n Mirabilis, weiss mit rosa.
Narcisse, hellgelb.
Nisida, aurora mit rosa.
h Olympie Frécinay, hellgelb.
Ophelia, dunkelgelb.
h Pauline Labonté, rosa lachsfarb.
Princesse Esterhazy, rein weiss.
Safrano, safrangelb.
n Smiths Yellow, dunkelgelb.
Sombreuil, gross weiss.
Socrates, dunkelrosenroth.
Souvenir d'un ami, fleischfarb rosa.
Triomphe de Luxemburg, kupferroth.
Vicomtesse de Gazes, hellkupfergelb.

Indica Noisettiana.

Adélaide Pavie, reinweiss.
Aimé Vibert, reinweiss.
h America, hellgelb.
Caroline Marniesse, weiss mit fleischfarb.
*Célestine Forestier, schön hellgelb.
n Chromatella, prachtvoll gelb.
n Mad. Herrmann, rosa mit lachsgelb.
n Ophire, kupfrig orangengelb.
Solfataire, gross schwefelgelb.
Triomphe de Rennes, kanariengelb.

Centifolia muscosa.

Moosrosen.

Alfred de Dalmas, blassrosa.
Aristide, feurig zinnoberroth.
Baron de Wassenaer.
Comtesse de Murinais, weiss.
nDocteur Marjólin, feurig inkarnat.
Fornarina, dunkelrosa.
François de Salignac, dunkel schwarz-
   roth.
nGloire des mousseuses, leuchtend rosa.
nHenry Martin, amarant feuerroth.
James Mitschell, silbrig dunkelrosa.

Jenny Lind, rosa stark bemoost.
John Granston.
John Grou, violett karmoisin.
Julie de Mersan, dunkelrosa mit weiss.
nMad. de Staël.
nMad. Eduard Ory, dunkelrosa.
Mad. Larochlambert.
Reine blanche, reinweiss.
nRubra, rosa.
Vandael, dunkellila mit purpur.
William Lobb, karmin mit violett.
Rosa pimpinellifolia Persian Yellow,
   schönstes goldgelb.

Schlingrosen.

Folgende vier Gattungen rankender Schlingrosen eignen sich besonders zur Bedeckung von Lauben, Wänden und Gitterwerken, wie zu Pyramiden und erregen allgemeine Bewunderung.

I. Rosa Rubifolia Hybrida.

Diese Sorten, meist aus den Prairien Amerika's stammend, halten unsere Winter ohne Decken aus.

nBelle de Baltimore, reinweiss, im Centrum leicht rosa, prachtvoll.
nBeauty of Prairie, gross, karmin rosa.
nEva Corinna, zart rosa, schnell wachsend.
nMilledgeville prairie.
nMrs. Horway, hellkarminroth.
nPride of Washington, rosa lila.
nSuperba, blass rosa.
nTriomphante, dunkelleuchtend roth.

II. Arvensis.

Schnell rankend und ebenso hart wie die letzteren.

A fleurs pleines, weiss in rosa übergehend.
nCapreolata, fleischfarbrosa.
nLeopoldine d'Orleans.
nRubra superba, dunkel rosa.
nCapreolata pendula, weiss mit rosa.
nCountess of Lieven, rosa.
nMillers Cimper.
nSéraphine, gross rosa lila.

III. Sempervirens.

nFélicite perpétuelle, rein weiss.

nHudsonica plena.
n Mursch, rosa.
nSempervirens de Laffay.
hFortune's new double Yellow, prächtig gummigutgelb 30

IV. Multiflora.

nDe la Grifferaie, brillant feuerroth.
n Multiflora heterophylla, gross, amarantroth.
nTricolor 30

Von vorstehenden Schlingrosen erlasse ich in erstarkten Mutterpflanzen
nach Auswahl per Stück 18 kr., nach
meiner Wahl 12 Sorten zu 2 fl. 48 kr.,
100 Stück in 10 Sorten zu 15 fl.

Monatrosen.

Gewöhnliche für das freie Land.

12 Stück starke Pflanzen . .	1 fl.	48
25 » » » . .	3 fl.	30
12 » R. Louise Odier . .	2 fl.	30

Centifolien-Rosen.

Mittlere und grosse das Stück . .		12
100 Stück gemischt	10 fl. —	
Weisse Centifolien 1 Stück . . .		12
	12 Stück 1 fl.	30

Dahlien oder Georginen.

Meine reiche Sammlung von Dahlien, die sowohl das neueste wie das schönste und edelste ältere enthält, besteht in 4 Abtheilungen.

Die I. Abtheilung enthält die neuen Zwerg-Dahlien von Herrn Mardner, die sowohl zu Gruppen wie zur Einzelnpflanzung zu empfehlen sind.

Die II. Abtheilung enthält ausgezeichnete Neuheiten von 1871.

Die III. Abtheilung enthält erprobte Neuheiten von 1869—1870 in den vorzüglichsten Musterblumen.

Die IV. Abtheilung enthält das vorzüglichste in Bau, Haltung und reicher Blüthe der früheren Jahre. n bedeutet niedere bis zu 3' hoch, m bedeutet mittelhohe von 3—4' Höhe, h bedeutet hohe von 5' und höher.

Die mit einem * bezeichneten Sorten sind Lilliput-Dahlien, die besonders in den neueren Sorten durch ihre schöne Haltung sich gut zu Bouquets verwenden lassen. Die Versendung der Dahlien beginnt Anfangs Mai und folgt nach der Reihe der Bestellungen. Von der III. Abtheilung sind von der Numer 785 bis 885 sowie von der IV. Abtheilung von Nro. 2 bis 748 von vielen Sorten Topfknollen vorräthig, die schon von Mitte März ab versendet werden können.

Meine reiche Sammlung von Dahlien wurde bei der im September 1869 hier abgehaltenen Gartenbau-Ausstellung mit dem 1. Preis gekrönt.

Erste Abtheilung.

Neueste Zwerg-Dahlien von 1871.

Von Herrn Gebrüder M a r d n e r in Mainz.

Nro.	Höhe.	Nro.	Höhe.
1055. A. Backow, weisslich lila, Bau zellenförmig, schönes Bouquet	2'	1065. Jan. Van Velden, weiss, aussen zartrosa	1½'
1056. A. Eichner, weiss, rosa getuscht, und gestrichelt	2½'	1066. Johanna Weise, dunkelbraun roth, Zellenbau	1½'
1057. Capitän Belter, feinrosa, dunkelbraun gestreift und gespitzt	2'	1067. Julius Thäter, sammtig schwarz roth	1'
1058. Carl Salzmann, karmingelb mit weissen Spitzen	3'	1068. L. Sternberg, schwefelgelb mit weissen Spitzen	1½'
1059. Catharina Veen, weiss mit rosa und rothen Spitzen und Streifen	2'	1069. Maria Sauern, orange, roth getupft mit lila Spitzen	2'
1060. Conrad Aden, prachtv. schwefelgelb	1'	1070. Robert Flint, weiss mit gelbem Schimmer	2'
1061. Cunigunde Eimmel, leuchtend scharlach	3'	1071. S. Quanz, tief kirschroth	3'
1062. Elesmere, zartrosa, später weiss	3'	1072. Th. Reff, weiss, Rückseite hellviolett gestreift	2'
1063. Franz Thun, weiss	2½'	Nach Auswahl erlasse ich das Stück zu 45 kr. Nach meiner Wahl 6 Sorten 4 fl., 12 Sorten 7 fl. 30 kr.	
1064. Gerhard Geiger, braunroth mit weissen Spitzen	1½'		

Neue Zwerg-Dahlien von 1869 und 1870.

Von Herrn Gebr. M a r d n e r in Mainz.

Nro.	Höhe.	Nro.	Höhe.
698. August Klein, blassrosa	3'	709. Freund Pfitzer, braunroth	1'
699. Carl v. Jungenfeld, gr., dunkelbraun	1½'	710. Friedericke Hock, wachsweiss	2'
700. Conrad Janz, rosa mit hellpurpur Spitzen	2'	712. Gustav Menges, tief dunkelbraun	1½'
702. F. G. Henderson, hellkarminpurpur	1½'	713. Gustav Zaubitz, dunkelviolettbraun	1½'
704. Elise Menges, zartrosa, Mitte weiss	1½'	717. Joseph Pfister. Grund weiss mit hellpurpur Ränder	1½'
707. Frau Director Geiger, weiss	2'	722. Marie Roeder, weisslich rosa mit purpur Spitzen	1½'

Nro.	Höhe.	Nro.	Höhe.
723. Marie Wasserburg, rosa mit purpur Spitzen	2'	767. Emil Boettger, kastanienbraun mit weissen Spitzen	3'
724. Meta Bartels, lichtrosa . . .	2¹/₂'	768. Ernst Dahniel, gross, hellbraun	1'
725. Napoleon Baumann, dunkelbraun, heller eingefasst . . .	1'	769. Ernst Vohsen, gr. gelb m. orange	1¹/₂'
737. Princesse Alice, lichtrosa mit purpur Rändern	2'	770. Ewald Hoefer, lieblich licht rosa	1'
		771. Fabian, blassrosa	³/₄'
751. Pauline Pfitzer, feinrosa mit rothen Spitzen	1¹/₂'	772. Fräulein Edel, grünlich weiss	1¹/₂'
752. Adolph Keller, hellbraun . .	1¹/₂'	773. Friedrich Kohl, zartrosa mit weisser Mitte	1¹/₂'
753. Adolph Stehr, sammtbraun mit rothen Rändern	1¹/₂'	774. Frau Lunde, weiss m. purpur Spitzen	1'
754. Agathe, weiss mit rosa gestrichelte Rückseite.	1'	775. Georg Eckardt, purpurrosa .	2'
755. Conrad Schmuckert, gelb mit purpur	1¹/₂'	776. Helene Zöller, purpurrosa innen weiss	1'
756. Andreas Goden, goldgelb .	1¹/₂'	777. Jacob Dender, hellkastanienbraun	1¹/₂'
757. Barbara Bauer, weiss mit braunen Streifen	1¹/₂'	778. Isabelle, weiss m. rosa Schimmer	1'
758. Barry, weiss mit rosa Spitzen	1'	779. Lolla, karmoisin	1'
759. Berthold Auerbach, dunkelrosa. purpur gefleckt.	1'	780. Friedrich der Grosse, braun mit weissen Spitzen	3'
761. Clemens Dahlmann, Grund weiss mit lila Streifen	1'	781. A. Muth, hellviolett mit weissen Spitzen	3'
762. Frl. Marie Feidner, reinweiss	1¹/₂'	782. Jacob Mardner, blauroth . .	4'
763. David Schenk, hellpurpur . .	3'	783. Frau Dr. Reinach, zart rosa .	3'
765. Eduard Gans, hellrosa, purpur gefleckt	1'	784. Stephan Buch, feurig rosa .	1¹/₂'
		Nach Auswahl erlasse ich das Stück 30 kr. Nach meiner Wahl 6 Sorten 2 fl., 12 Sorten 4 fl.	

Neue Zwerg-Dahlien zu Gruppen.

Nro. 535. Princesse Mathilde, rein weiss.
> 584. Sir Robert Peel, leuchtend dunkelroth.

Diese beiden prachtvollen Zwerg-Georginen eignen sich vorzüglich zu Gruppirungen wie zu Einzelpflanzungen auf Rasen. Bei einer Höhe von 1¹/₂' hoch entwickeln sie einen Durchmesser von 2—3'. Durch ihren robusten Wuchs brauchen sie nicht angebunden zu werden. Ihre grossen schönen Blumen überdecken ein ebenso schönes grünes Laubwerk. Bei der hiesigen Gartenbauausstellung wurden die von mir mit diesen 2 Sorten ausgepflanzten Gruppen von allen Besuchern allgemein bewundert.

Ich erlasse hievon in getheilten Knollen, soweit der Vorrath reicht 1 Stück zu 18 kr., 12 Stück zu 3 fl. Starke Stecklingspflanzen von Anfang Mai ab 1 St. 15 kr., 12 Stück 2 fl. 24 kr., 25 Stück 4 fl. 36 kr.

Georginen zur Einpflanzung auf Rasen.

Nro.	per Stück kr.	Nro.	per Stück kr.
891. Dahlia arborea, schöne Decorationspflanze	48	ledergelb mit goldgelb panaschirtem Laub	24
890. » imperialis. Durch prachtvolle Belaubung eine der schönsten Zierden für den Rasen . . .	30	888. Deutsche Hoffnung mit dunkelrother Belaubung	24
641. Graf Landresky, Blume orange,		889. Kaiser Franz Joseph. Blume lila, die grünen Blätter sind reinweiss eingefasst, sehr effectreich . . .	24

Zweite Abtheilung.
Georginen-Neuheiten von 1871.

Nro.

922. A. W. Lepeschkin (Sickmann), scharlach auf blutrothem Grunde. *n.*

924. W. Lindemann (S.), karmin violett. *n.*

1004. Rosea pyramidalis (S.), pfirschenfarb mit silberweissem Reflex. *m.*

1019. *Deutsche Goldperle (S.), leuchtend menningscharlach mit hellgoldgelbem Zentrum, prachtvoll. *n.*

1029. Steffani (S.), schwarzkirschroth mit hellviolett und veilchenblauen Seitenrändern. *n.*

1046. General von Malitsch (S.), menningorange mit goldgelb, manchmal mit weissen Spitzen. *m.*

1048. Handelsgärtner Crass (S.), hellweinroth auf schwarzbraun. Grunde. *m.*

1049. Gruss an St. Louis (S.), weiss mit karmin und dunkelviolett gestreift. *m.*

1050. H. Engelfeld (S.), hellcochenillenscharlach. *m.*

1051. Gruss an Nossen (S.), dunkelscharlach, karmoisin m. hellem Rande. *n.*

1052. Franz Demür, zartrosa, aussen karmin. *m.*

1053. D. Günther, scharlachkarmin mit schwarzbraun geflammt. *m.*

1054. Bürgermeister W. Kampmann, hellledergelb. *n.*

1104. Auguste, Königin von Preussen (Deegen), sanftfleischfarb mit lebhaftkarmin Spitzen. *m.*

1105. Wilhelm von Maléter (Deegen), lichtzitronengelb mit weissen Spitzen. *n.*

1106. Louis Gotzel (D.), weinroth, nach innen rubinroth. *n.*

1107. Bundeskanzler von Bismark (D.), bronzirt, rostgelb mit amarantrother Rückseite, gross und prachtvoll gebaut. *m.*

1108. Apotheker Poeck (D.), brillant scharlach purpur, prachtvoll gebaut. *n.*

1109. O. von Post (D.), violett mit leuchtend braunen Streifen und heller Rückseite. *m.*

1110. Georg Funke (D.), leuchtend lachsrosa mit silberschein umfasst. *n.*

1111. *C. Bodani (D.), lila mit leicht violett umsäumt, prachtvoll. *n.*

1112. Theodor Fleissner (D.), weissrosa mit violettkarmoisin Spitzen, extra. *n.*

1113. **Max** Hauschild (D.), violettpurpur mit rein weisser Mitte und Spitzen, vorzügliche Blume. *n.*

1114. *Julius Graeser (D.), zitronengelb schön. *n.*

1115. Joh. Lehmann (D.), leuchtend schwefelgelb mit grosser schöner Blume. *h.*

1116. Wilhelm Eckardt (D.), erbsfarben mit amarantrothen Spitzen, grosse schöne Blume. *h.*

1117. Doctor Mattusch, (D.), mattgelb mit röthlicher Knospe, die Petalen sind weiss umsäumt. *n.*

1118. Geheimerath Borsig (D.), zinnober mit rosaweissen Spitzen, schön. *n.*

1119. Gruss an Bromberg (D.), silberlila, nach aussen heller, schöne Zellenform. *m.*

1120. Euthalia* (D.), goldfarb mit leicht scharlach geflammt. *m.*

1121. Flora, (D.), orange mit zinnober leicht überhaucht. *n.*

1122. Frau Dorothea von Sparrer, hellrosa, eine der edelsten Georginen in Form und Haltung der Blumen. *m.*

1123. Graf Renard (D.), prachtvoll weissgelb mit grosser schön geformter edler Blume. *n.*

1124. Heinrich Rudolph, (D.), goldfarben mit amarant karmoisin Spitzen, vorzüglich in Form und Haltung. *n.*

1125. Gretchen Hamann, feurig zitronengelb mit zinnoberrothem Herzen, reizende Liliput. *n.*

1126. Buchhändler Kittler, (D.), dunkelrosa mit purpur gestreift und gedupft, von edlem Bau und Haltung. *m.*

1127. *Theone (D.), hellzitronengelb mit zinnober Spitzen. *n.*

1128. Friedrich Lenz, fleischfarb, weiss mit violett leicht geflammt, extra. *n.*

1129. Paul Buttner (D.), blasslila mit violett geflammt und weiss umsäumt, gross und schön. *h.*

1130. Ocherröschen (D.), ocher mit rosa und weissen Spitzen, neue Farbe. *n.*

1131. L. Boas canariengelb mit orange gestreift. *m.*

Ich erlasse hiervon nach Auswahl 1 St. 45 kr., 6 Sorten 4 fl., 12 Sorten 8 fl., 25 Sorten 15 fl. Nach meiner Wahl 6 Sorten 3 fl. 12 kr., 12 Sorten 6 fl., 25 Sorten 12 fl.

Dritte Abtheilung.
Vorzüglichste Neuheiten von 1869 und 1870.

Nach Auswahl erlasse ich hiervon 1 St. 24 kr., 6 Sorten 2 fl. 12 kr., 12 Sorten 4 fl., 25 Sorten 8 fl.

Nach meiner Wahl 6 Sorten 2 fl., 12 Sorten 3 fl. 48 kr., 25 Sorten 7 fl. 24 kr., 50 Sorten 14 fl. 100 Sorten 27 fl. Von der Nummer 785 bis 885 sind von den meisten Topfknollen vorräthig und können solche schon von Mitte März ab versendet werden.

Nro.

785. *Treuliebchen, hellrosa mit karmin Spitzen. *n.*

786. Friedrich Rückert, blutroth mit weissen Spitzen. *m.*

787. Deutsche Zellenblondine, hellgelb, schöne Zellenform. *m.*

789. Director Immer, sammtig schwarzbraun mit rosa weissen Spitzen. *m.*

790. Ruthenenstern, dunkelpurpurviolett, mit rothweissen Spitzen. *m.*

792. Deutscher Goldmeteor, goldgelb mit scharlach Spitzen. *n.*

793. Stolze von Koestriz, orange rosa hellviolett eingefasst. *m.*

795. Ludwig Boerne, hellmennigroth. *m.*

796. Gruss an Platz, hellkarmin. *m.*

798. *Hulda, braunpurpur öfters mit weissen Spitzen. *n.*

799. Stolze Königin, hellrosa mit purpur eingefasst, extra. *m.*

800. Marie's Liebling, rein lila. *m.*

801. Frau Anna Zachmann, reinrosa. *h.*

803. Robert Baer, hellviolett mit lila Rückseite. *n.*

804. Graf v. Musóau, helllilarosenroth. *m.*

805. Caroline Herschel, hellrosa amarant eingefasst.

806. Friedrich Herschel, grauerbsenfarbig mit violletten Spitzen. *n.*

807. Krug von Nidda, rosig weiss mit karmoisin gestreift. *m.*

808. Signora Ristori, rosa weiss mit purpur geflammt, extra. *n.*

810. Scarlet Gem., dunkelscharlach. *h.*

811. Miss Powell, sammtig schwarzpurpur mit weissen Spitzen. *h.*

812. Bird of Passage, rosaweiss mit karmin umsäumt, extra. *m.*

814. *Jul. Sturm, achatroth. *n.*

815. Buchard Mezarett, rosa lachsgelb mit gelben Spitzen. *m.*

817. Inspector Finger, orangescharlach auf goldgelbem Grund. *n.*

818. Obergaertner G. Roth, lachsroth. *n.*

819. Kleiner Twrdy, erbsengelb mit rothem Rande. *n.*

820. *Zarte Aster, rein weiss. *m.*

821. *Gruss an Woerlitz, leuchtend scharlach mit weissen Spitzen. *m.*

822. *Dr. Eichelbaum, dunkelamarant auf schwarzem Grund. *n.*

824. *Kleine Sarah, hellrosa mit karmin Rand. *m.*

825. *Kleiner Bonfils, hellkarmin mit blassem Rande. *n.*

826. *Fräul. Elisabethe Kühn, goldig isabelle mit purpur karmin Rande. *m.*

827. Deutsche Fürstenrose, hellpfirsichrosa. *m.*

828. Deutscher Obermeister, karmoisin, kastanienbraun. *n.*

829. Muster von Koestritz, scharlach, zinnober. *m.*

830. Rhoderich Benedix, grau rosa mit lila Rückseite. *m.*

831. Schöne Aster, pfirsichrosa mit feinen weissen Spitzen. *m.*

832. Frau Oberamtmann Boetticher, rein weiss m. purpurkarminrothem Rand. *m.*

833. Deutscher Zellenmohr, braun mit schwarzem Zentrum. *m.*

834. H. H. Schröder, rosachamois mit gelbem Zentrum. *m.*

835. Frau Joh. C. Lehmann, silbrigweiss. *h.*

836. Kolma, blassisabelle mit karmin Rand. *m.*

837. Deutsche Zellenpyramidenrose, prächtig rosa, Pfirsichenblüth. *m.*

838. Deutsche Modelrose, kirschbraun auf kohlschwarzem Grund mit violetter Rückseite. *m.*

839. Siegeloblaten Koch, cochenillezinnober mit blassem Rande. *m.*

840. Gruss an Soldau, dunkel isabellenfarb, purpur eingefasst. *m.*

841. J. J. Nejedly, dunkelblutroth. *n.*

842. Deutscher Schwan, reinstes weiss. *m.*

843. Hans Wachenhusen, rein schwefelgelb. *m.*

844. Keller Belet, dunkelpurpur amarant. *m.*

Nro.

845. M. Villezot, kastanienbraun. *h.*
846. Pointé de la Chapelle, kirschroth, weiss eingefasst. *m.*
847. M. Duchartre, sammtig dunkelroth. *m.*
848. Rival Black Prince, schwarzbraun. *m.*
849. M. Lecerf, dunkelbraunviolett. *m.*
850. Mad. Lecerf, feurig lilarosa. *h.*
851. Ami Robin, brillant karmin amarant. *n.*
852. Mad. Tartenson, feurig lachsfarb. *m.*
853. Mad. Fournier, rein weiss purpur eingefasst. *m.*
854. Ferdinand Stolle, lila. m.
855. Gartendirector Lennée, feuriglachskarmin mit helleren Rändern. *n.*
856. Prinz Heinrich, Orange mit zinnober Spitzen. *m.*
857. Thérèse Hubert, silberweiss, rosa eingefasst. *n.*
859. Mme Ebeline, weiss mit rosa umsäumt. *m.*
861. Platon, feurig karmin m. schwarz. *m.*
862. Jared, strohgelb, rosa eingefasst und roth gestreift. *m.*
863. Docteur Denusset, karminamarant. *m.*
864. Mad. Mithouard, weinroth mit violetten Spitzen. *m.*
865. M. Belcarce, brillant orange. *m.*
866. Noé, schwarzbraun. *m.*
867. Mon Caprice, Aprikosenfarb. *m.*
868. Mad. Ch. Leperdriel, dunkelgelb mit karmin Rand. *m.*
869. Gem., schwarzviolett mit weissen Spitzen. *n.*
871. Mistress Derling, Grund fleischfarblila mit karmin violetten Spitzen. *m.*
872. Flambeau, ockergelb mit purpur eingefasst. *n.*
873. Autocrat, schwarzpurpur mit violetten Spitzen. *m.*
874. Utility, braunroth mit weissen Spitzen. *h.*
875. Lord Warden, scharlachorange mit weissen Spitzen. *n.*
876. Mistress Edgard Green, fleischfarbrosa. *m.*
877. Vulcain, sammtig purpurroth. *n.*
878. Lady Derby, Grund weiss mit purpur eingefasst. *h.*
879. Rosy Queen, purpurrosa. *m.*
880. *Baron von Baumgarten, dunkelblutroth. *n.*
881. *Brentano, goldgelb, scharlach eingefasst. *n.*
882. Füllhorn, dunkelviolett, Mitte lila, extra. *m.*

Nro.

883. *Novalis, goldgelb, scharlach geflammt. *m.*
884. *Cupidon, violett mit weissen Spitzen. *m.*
885. Cham, orange mit weissen Spitzen. m.
886. Cora, zartfleischfarb mit karmin Spitzen. *n.*
887. Liebling, hellrosa, karmin eingefasst. *n.*
901. M. Neven, hellschwefelgelb. *n.*
902. Gruss an Marschwitz, hellviolett. *n.*
903. Gruss an Oberhausen, Pfirschenrosa. *n.*
904. Zwerg-Harlequin, dunkelzitronengelb, scharlach gestreift. *n.*
905. Franz Petzold, amarant karmoisin.
906. Pipin der Kleine, karmin purpur, violett mit weissem Rande. *n.*
907. C. H. Moehring, Apricosenorange. *n.*
908. Kleiner Scharlachzwerg, rein hellscharlach. *n.*
909. Mad. P. Lorenz, weiss mit pfirschenrosa Schein. *n.*
910. Handelsgärtner J. Wehrli, goldgelb mit scharlach Spitzen. *n.*
911. Kleiner Wolfgang, purpur scharlach. *n.*
913. *Kleiner David, karmoisin mit weissem Rande. *n.*
914. Juno, goldchamois mit rosa Rande. *n.*
915. Kaiser Norton, amarant karmin. *n.*
916. Kleiner Twrdy, gelb mit rothem Rande. *n.*
917. Handelsgärtner Pohle, violett karmin. *n.*
918. Gruss an Caprera, kanariengelb mit weissen Spitzen. *n.*
919. Gruss an Freistadt, hellkarmoisin. *n.*
920. Solfatara, hellschwefelgelb. *n.*
921. *Gruss an Holeniszizow, schwefelgelb. *n.*
923. Senator de Chapeaurouge, Pfirsichrosa mit gelben Spitzen. *n.*
925. O. Morgenstern, scharlach zinnober. *n.*
926. Marginata, weiss mit hellkarmin violetten Rande. *n.*
927. Aetna.
928. Gruss an Stoessen, braun karmoisin. *n.*
930. Alba compacta, rein weiss. *n.*
931. *Elsternixe, blassrosa mit weissem Zentrum. *n.*
932. Ordensband, weiss mit blutrothem Rande. *n.*

Nro.

933. *Kleines Mohrenkind, schwarzbraun. *m.*

934. *Deutsches Ranunkelröschen, kirschroth auf schwarzrothem Grunde. *m.*

935. *Deutsches Edelweiss, reinweiss. *m.*

936. *Pomponia, karmoisin mit rosa Rand. *n.*

937. *Deutsches Wunderkind, schwarzkirschroth. *m.*

938. *Kleiner Ludolph, purpurviolett. *m.*

939. *Imbricata, schwarzkirschroth mit weissem Rande. *m.*

941. *Gelbes Röschen, schwefelgeb. *m.*

943. *Fr. Marie Baumann, zartrosa. *m.*

944. *Kleine Miletia, weiss mit lila Mitte. *m.*

945. *Ceres, goldig isabelle. *m.*

946. *Fr. Kreisrevisor Christiani, Pfirsichblüth mit weiss gefleckt. *m.*

947. *J. Deichmann, hellzinnober. *n.*

948. *Kleine Zinnoberzelle, hellzinnober. *m.*

949. *Kleiner Africaner, schwarzbraun. *n.*

950. *Deutscher Gärtnerschmuck, pfirsichrosa. *m.*

951. *Zinnoberröschen, hellzinnober mit gelbem Rande. *m.*

952. *Kleine Virgilie, weiss mit violett karmin Rand. *n.*

953. *Deutsche Goldranunkel, goldgelb mit scharlach Spitzen. *m.*

954. *Xenophon, rothbraun. *n.*

955. *Kleiner Hugo, kirschbraun. *m.*

956. *Marie Sickmann, weiss mit violett gestreift. *m.*

957. *Hildegard, karminviolett. *n.*

958. *Clementine, weiss mit rosa Schein. *m.*

959. *Kleiner Schelm, weiss mit blassfleischfarb Centrum. *n.*

960. *Kleine Venus, rosafleischfarb, purpur eingefasst. *m.*

962. Deutsches Sonnenlicht, schönstes zitronengelb. *m.*

963. Königin von Elsterthal, hellpfirsichblüth mit weissem Rande. *m.*

964. Frau Amtmann Rabe, atlasweiss auf hellgelbem Grund. *m.*

965. Gruss an Babelsberg, amarant karmoisin. *n.*

966. Weisse Dame, rein weiss. *m.*

967. Freundliche Osterlaenderin, weiss mit rosalila Schein und violetter Mitte. *n.*

968. Pyrol, hellzitronengelb. *n.*

969. Franz Ant. Haage, purpurlila. *m.*

970. Gruss an Klein Viehlen, dunkelkarmoisin. *n.*

Nro.

971. M. Clara von Osten Sacken, rein weiss. *h.*

972. Baron Folkersahm, anilinroth. *h.*

973. Mad. Carl Goetze, silbrig lilarosa. *m.*

974. Gärtnerliebchen, anilinroth auf goldchamois Grund. *m.*

975. Mad. Hössrich, silberweiss mit lila Schein. *m.*

976. Sieger von Königsgrätz, schwarz amarantkarmoisin. *m.*

977. Deutsche Rosenjungfrau, silberweiss mit pfirsichblüth Schein. *m.*

978. Marschal Prim, amarantviolett. *m.*

979. Deutsche Mohrenzelle, schwarzkirschroth auf kohlschwarzem Grund. *m.*

980. Martin Müller, blasslilarosa, violett gestreift. *n.*

981. Deutsche Zauberin, weiss auf purpurviolettem Grund, bisweilen kommen weisse Blumen. *m.*

983. Mr. Henderson, pfirsichlila. *m.*

984. Schlossgärtner Kluge, purpurviolett mit pfirsichkarmin. *m.*

985. Zarte Jungfrau, zart lilarosa. *m.*

986. Syrene von Koestritz, hellnankinfarbig. *m.*

987. Zartes Mädchen, isabelle mit rosa. *m.*

989. Deutsche Schneeflocke, reinweiss. *m.*

990. Otto Richter, sckwarz kirschroth. *n.*

991. Deutsche Silberperle, silberweiss. *n.*

992. G. Brinkmann, hellpurpurkarmin mit hellrosa. *m.*

993. Frau Mathilde Ram, schneeweiss. *n.*

994. Rubin, milchweiss mit rosa Anflug. *n.*

995. Schöne Aster, pfirsichrosa mit kleinen weissen Perlspitzen. *m.*

996. Vesuv, scharlach zinnober. *n.*

997. Balduin Moellhausen, dunkelrosa, lila schwarz gestreift. *n.*

998. Dr. Koch, hellgelb. *n.*

999. Weisse Rosenkönigin, rein weiss. *h.*

1000. Mad. Blomberg, rein weiss. *h.*

1001. Deutsche Carminrose, hellrosa karmin. *m.*

1002. Frau Robert Weinhold, rosa mit karmin Rand. *m.*

1003. Gruss an Karlshaffen, hellviolett. *m.*

1005. Gruss an Karlstadt, hellpurpur violett. *m.*

1006. Mad. Seltsmann, hellstrohgelb. *n.*

1007. Frau Louise Sickmann, blassgelb mit nankin Zentrum. *n.*

1008. Hofgärtner Schneider, weinroth. *m.*

1009. Syndicus Dr. Merk, schwarzbraun mit karmoisin Rand. *m.*

1010. Staatsrath von Rommel, weiss mit lila und purpurviolett gestreift. *m.*

Nro.

1011. Orion, amarant karmoisin mit schwarz gestreift. *m.*
1012. Gräfin Orloff, milchweiss. *m.*
1013. Friedenslaube, schneeweiss mit lila-rosa Zentrum. *m.*
1014. Silberling, silberweiss auf zartlila Grund. *m.*
1015. Theodor Wachtel, schwarz amarant, karmin. *n.*
1016. Hofgärtner Wendlaud, hellschar-lach auf dunklem Grund. *m.*
1017. H. Mette, hellkirschroth. *m.*
1018. Carl Schmalfus, amarant violett. *h.*
1020. Indianerin, schwarzviolett. *n.*
1023. Tilly, amarantviolett. *m.*
1024. Gräfin Bathyni, reinweiss. *n.*
1025. Wallenstein, cochenillkarmoisin. *m.*
1026. Erinnerung an Hamburg, dunkel-acajou, braun auf kohlschwarzem Grunde. *m.*
1027. Marie Planitz, orangegelb. *n.*
1028. Fr. Lachner, purpurkarmin auf hellerem Grund. *m.*
1030. Brillant, scharlachzinnober. *m.*
1031. Garibaldi, braunkarmoisin. *m.*
1032. Königin Augusta, pfirsichblüth mit weissen Perlspitzen. *m.*
1033. Iphigenia, silbrig, rosa. *m.*
1034. Hortensia, hellrosa. *n.*
1035. Victor Hugo, karminrosa. *m.*
1036. Hauptmann v. Watzdorf, schwarz-braun mit karmin eingefasst. *n.*
1037. Willibald, prächtig, silberlila. *m.*
1038. Murillo, purpurviolett. *n.*
1039. Alexander von Humboldt, dunkel purpurviolett mit weissen Spitzen. *m.*
1040. Friedensfürstin, karmingelb mit rosa Rande. *h.*
1041. Rheingold, dottergelb mit gold-gelbem Rande. *m.*
1043. H. Laurentius amarantkarmin mit rosa Rand. *m.*
1044. Fr. Walli Wittkowsky, hellpfir-schenrosa mit weissem Rande. *m.*
1045. Collegienrath Dr. Meyer, dunkel-pfirsichblüth mit rother Mitte. *h.*
1047. Gambetta, cochenillkarmoisin. *m.*
1075. Aug. von Kotzebue, blassschwefel-gelb. *n.*

Nro.

1076. *Prachtröschen, zinnoberkarmin mit rosa weissen Spitzen. *n.*
1077. Eduard Moericke, scharlach mit weissen Spitzen. *n.*
1078. Rabener, dunkelviollet. *n.*
1079. Wilhelmine Victoria, Prinzessin von Preussen, goldfarb mit scharlach geflammt. *n.*
1080. Wilhelm, König von Preussen, vio-lett, schwarzbraun. *m.*
1081. Herlossohn, fein, graulila. *h.*
1082. Charlotte, Prinzessin v. Preussen, schönste reinweisse in Form und Hal-tung. *n.*
1083. Alexander Steward, hellpurpur mit Silberrand. *n.*
1084. Houwald, rubinroth. *m.*
1085. Leisswitz, hellgelb mit weissen Spitzen. *n.*
1086. Sonnenberg, orangekarmoisin, neue Farbe. *n.*
1087. Collin, leuchtend dunkelzinnober. *n.*
1088. *Caroline Pichler, hellschwefel-gelb. *n.*
1089. Senator Merk, lebhaft purpur kar-min. *n.*
1090. Fanny Tarnow, zinnoberorange. *n.*
1091. Dr. Stroussberg, feines Chamois. neue Färbung. *n.*
1092. *Lenau, lichtscharlach. *n.*
1093. Langbein, reinlila, edle Form. *n.*
1094. Gessner, hell ockergelb. *m.*
1095. George Peabody, purpurviolett. *h.*
1096. *Gleim, lilarosa. *m.*
1097. Julie Burrow, milchweiss mit pur-purkarmin. *n.*
1098. Gellert, scharlachblutroth mit weis-sen Spitzen. *n.*
1099. Victoria, Kronprinzessin v. Preus-sen, lichtrosa mit scharlachkarmin Spitzen. *m.*
1100. Fräulein Amalie Sieveking, rahm-weiss mit karmin Spitzen. *n.*
1101. *Cramer, blassgraulila. *n.*
1102. Erzherzogin Sophie, milchblau, leicht violett geflammt. *n.*
1003. Raupach, pfirsichrosa mit chamois Schein. *n.*

Vierte Abtheilung.

Vorzügliche und erprobte Sorten der letzten Jahre, woraus alles Mittelmässige ausgeschieden wurde. Ich erlassse von dieser IV. Abtheilung nach Auswahl 6 St. 1 fl. 30 kr., 12 Sorten 2 fl. 48 kr., 25 Sorten 5 fl., 50 Sorten 10 fl., 100 Sorten 20 fl. Nach meiner eigenen Wahl 6 Sorten 1 fl. 12 kr., 12 Sorten 2 fl. 12 kr., 25 Sorten 4 fl., 50 Sorten 8 fl., 100 Sorten 16 fl, ohne Namen und Farbenbezeichnung 12 Stück 1 fl. Von der IV. Abtheilung besitze ich von den meisten Sorten Topfknollen, die schon von Mitte März an versendet werden können.

Nro.

2. Neville Keynes, gelb, purpur eingefasst. m.
4. Deutsche Sonne, gelb, m.
5. Cypris, gross, gelb mit scharlach gestreift. m.
14. Arndt, rosa, purpur gestreift. m.
15. Fiorella, feurig kirschroth. h.
17. Gustav Cadot, feurig gelb. n.
18. Mad. Lorrain, röthlichweiss m.
22. Boileau, strohgelb mit lila Spitzen. m.
28. Dorothée, dunkelpurpur mit weissen Spitzen. n.
30. Osiris, weinroth. n.
32. Etincelant, hellroth mit weissen Spitzen. n.
46. Cécile, feurig gelb. m.
47. Victorine, fleischfarb. m.
55. Siphon, amarant violett. m.
57. Mrs. Bernaud, amarant violett mit lila Spitzen. n.
70. Andromède, schwefelgelb mit rosa weissen Spitzen. n.
73. Germania, weiss, feurig karmin eingefasst. m.
76. Rose de Mai, blassrosa. m.
79. Goldfinder, goldgelb mit rothen Spitzen. m.
84. Donald Beaton, dunkel schwarzbraun. n.
86. Heinrich Laube, scharlach. n.
93. Félicie, brillant, cochenill, rosa. n.
95. Comus, silberig lila. m.
96. Vaucanson, scharlachorange. m.
104. Gaston, weiss mit violetten Spitzen. h.
118. Olympe, aprikosengelb mit scharlachrothen Spitzen. m.
119. Panorama, feurig roth mit weissen Spitzen. h.
123. Wacht am Rhein, sammtig, schwarz violett mit karmin durchflossen. m.
125. Splendida, goldgelb. m.
129. *Docteur Schwebes, sammtig dunscharlach. n.
130. *Friedrich Kind, karminrosa. n.
131. *Henriette Vorwerk, weiss mit violetten Spitzen. n.
143. Mandarin, gross, hellgelb, rosa gestreift, prachtvoll. m.
144. Harlequin, dunkelroth. m.
151. Caballero, dunkelscharlach. m.
152. Joaquin, sammtig karmoisin, prachtvoll. m.
156. *Prince Jérôme, röthlich violett. h.
160. Apollon, weiss. m.
161. Tournesol, lebhaft feuerroth. n.

Nro.

166. *Utz, schwarzkarmoisin, heller eingefasst. n.
169. Gayty, gelb mit scharlach eingefasst. n.
177. Zébra, scharlach. n.
183. Gambet, dunkelviolett mit weissen Spitzen. m.
184. Sir Robert Whittington, schwarzpurpur.
185. Stella Napoleonis, rosa. m.
186. Deutscher Fleiss, weisslich fleischfarb. m.
188. Mlle. Brimeur, weiss mit violett. m.
189. Mons. Taillard, goldig orange. m.
193. Caribert, helllila mit weissen Spitzen.
198. *Lady Marie Molineaux, blassrosa, dunkler schattirt. h.
201. Criterion, scharlachorange. h.
202. Gloire de Maxeville, zinnoberorange. n.
210. Mad. Villain, rosaviolett mit purpur auf rahmweissem Grund. m.
211. Mad. Courtis, isabellengelb mit purpurvioletten getuschten Spitzen. m.
212. Mélange, chamois mit rothen Spitzen. m.
232. Louis Bondineau, feuerroth. m.
234. Standard Bearer, amarantviolett. m.
236. Dumont Durville, hellpurpur. m.
238. Marquise d'Aulan, gross, hellgelb. m.
239. Deutsche Viole, purpurviolett. m.
241. Mme. de St. Laurent, braunkarmoisin. m.
243. Stroeber, leuchtend amarant. m.
250. Hornorable Mr. Trotter, rahmweiss mit karmin eingefasst. m.
251. Mrs. Keynes, Grund weiss mit amarant eingefasst. m.
253. L'Arioste, blutroth. m.
254. Lago, braunroth. h.
255. La Gitana, weiss mit lila eingef. m.
259. Charivari, gelb mit amarantroth gestreift und marmorirt. n.
261. Comtesse de Marennes, goldgelb mit zinnoberrothen Spitzen. m.
264. Febo, brillant dunkelscharlach. n.
265. Joséphine Salomàre, feurig blutroth. m.
266. Charles Bar, rosa mit weissen Spitzen. n.
283. Chairmann, scharlach. n.
284. Echo, rosa. m.
286. *Philomèle, dunkel citronengelb mit karmin Spitzen. n.

Nro.

291. Eclair, hellviolett mit weissen Spitzen. *m.*

297. Voisenon Eschyle, dunkelblutroth. *m.*

299. Marie Bercand, scharlach menningroth. *m.*

302. Talisman, rosa karmin gestreift. *n.*

325. *Mad. Savigny, karminrosa. *m.*

331. Général Niel, strohgelb violett eingefasst. *m.*

334. Mad. H'Mywott, Grund orange, mit violetten Spitzen. *n.*

341. Abbé Samin, Grund orange mit weissen Spitzen, purpur eingefasst. *m.*

348. Cornelius, weiss mit hellvioletten Spitzen. *n.*

352. Perugino, karmin mit lila. *n.*

365. Mad. Evarista, dunkel scharlach. *m.*

371. * Aurora, auroraroth, weiss gestreift. *n.*

374. Casanova, orange mit weissen Spitzen. *m.*

381. Cladiator, dunkelkarmoisin. *n.*

383. Gross-Papa, amarant wit weissen Spitzen. *n.*

396. *Rudolph Kull, feurig purpur mit weissen Spitzen. *n.*

397. Triomphe d'Ableiges, scharlach. *n.*

410. Mons. Wickham, purpurkarmoisin mit weiss getupft. *n.*

413. Inrétrecissable, hell kastanienbraun mit weissen Streifen und Spitzen. *m.*

418. Baron Baumgarten, schwarzkarmoisin mit weissen Spitzen. *m.*

423. M. de Sansal, feurig karminroth. *m.*

437. Caméléon, lila rosa, karmoisin gestreift. *m.*

442. Ami Basseville, hell rubinroth. *h.*

443. M. Clément Souvage, feurig kirschroth mit weissen Spitzen. *m.*

450. Oscar, sammtig schwarzbraun. *m.*

452. Triomphe de Caudebec, scharlach. *m.*

455. Decandolle, karminscharlach. *n.*

456. *Scarlet Gem, orangescharlach. *m.*

461. Virginalis, prachtvoll reinweiss *m.*

462. Marie Roinet, roth mit weissen Spitzen. *m.*

469. Benoiton, karminscharlach. *m.*

470. Souvenir du Jura, nanquingelb mit dunkellila Spitzen. *m.*

472. Quatricolor, chamoisgelb, roth gestreift mit weissen Spitzen. *n.*

476. Ludovic, Grund weiss, purpur kirschroth bandirt. *m.*

477. Isidora, prächtig rosa violett. *m.*

480. Donald Beaton, dunkelschwarzbraun. *m.*

Nro.

482. Andrews Dodds, dunkelschwarzbraun. *h.*

484. Belle Marquise, fleischfarb in rosa übergehend. *m.*

486. Dartagnau, kirschroth, weiss gestreift und eingefasst. *h.*

488. Georges Renard, schwarz violett.

489. Marie Renard, silberweiss, lila glacirt. *m.*

490. Madame Comtesse, rosa. *m.*

494. Scaramouche, scharlach blutroth. *m.*

496. Virgile, sattrosa. *m.*

503. Tayotte, gelb mit violett und schwarz gestreift. *m.*

505. Keller, gelb mit scharlach gestreift. *n.*

508. Louisa Haussmann, Grund weiss mit lila beschattet. *h.*

509. Lucy Serouse, rahmgelb. *m.*

511. Lord Warden, scharlachorange mit weissen Spitzen. *n.*

513. Pompon de Rueil, dunkelrubinroth mit orange Grund. *n.*

516. * Vicomtesse de Belleval, Grund gelb mit karmin eingefasst. *n.*

519. *Rose von Duppel, leuchtend feurig karmin. *n.*

520. Freemason, dunkelrosa mit lila. *m.*

522. Oeillet gris, weisslich lila, karminrosa gestreift. *h.*

524. Hercule, gross, feurig roth. *m.*

526. Monsieur Graindorge, rahmgelb mit lilakarmin Einfassung. *h.*

529. Mons. Soymier, feurigkarmin, purpur. *n.*

530. Amateur, scharlachorange mit gelben Streifen. *h.*

531. Mad. Ed. André, gross, reinweiss. *n.*

532. Duchesse de Volonsky, Grund rosa, karmin gestreift. *n.*

535. *Princesse Mathilde, reinweiss. *n.*

541. *Pearl of liliputs, prachtvoll violett. *h.*

542. *Docteur Weeb, reich scharlach. *n.*

543. *Bride of Roses, fleischfarb rosa, purpur eingefasst. *n.*

545. *Goldlicht, purpur scharlach. *m.*

546. *Monsieur Gabriel de Vandeuvre, violett. *m.*

547. Deutsche Pfundrose, Pfirschenrosa. *m.*

549. Gräfin v. Seinsheim, karminrosa mit lila Spitzen. *m.*

550. *Grillparzer, kupferkarmoisin mit weissen Spitzen. *m.*

554. John Burnes, gelb, karmoisin gestreift. *m.*

Nro.

555. James Backhouse, Grund fleischfarb lila mit amarant Spitzen. *m.*

557. Royal Robe, weinroth mit lilaviolett eingefasst. *m.*

560. Alexander Herzen, violettroth mit
weissen Spitzen. *m.*

561. Eduard Canz, Pfirschenrosa. *h.*

564. *Franz Dingelstädt, rosa. *m.*

565. Gustav Vaetz, zinnoberkarmin. *m.*

569. * Louis Uhlbach, schwarzbraun,
manchmal mit weissen Spitzen. *n.*

570. Mad. Jaquemart, fleischfarb. *m.*

571. * Mathias Claudius, amarant. *n.*

576. Solfatare, schwefelgelb. *h.*

578. * Franz Abt, purpur mit weissen
Spitzen. *m.*

579. Georg Renard, violett. *m.*

580. Deutsche Liebesmusterrose, gelb
mit karmin Spitzen. *m.*

581. C. Grack, prächtig amarant. *n.*

583. Sambo, schwarz. *n.*

585. Mme. Bouvet, helllila mit weissen
Spitzen. *h.*

586. Iphigénie, weisslich, fleischfarb karmin gestreift. *h.*

587. Ivanhoé, fleischfarb, Mitte weiss. *m.*

588. Mlle. Octavie Graindorge, reinweiss. *h.*

589. Junon, silberig lila rosa. *m.*

590. Virginie, lederfarbig gelb. *m.*

591. Catule, purpur ponceau roth. *h.*

592. Satan, weinroth. *m.*

593. Adonis, karmin kirschroth. *m.*

594. Capitain Bijard, feurig rubinroth. *n.*

595. Molière, chromgelb, roth gestreift. *n.*

597. Diane, Grund weiss mit lila Spitzen. *n.*

600. Pierre Chardine, karminpurpur. *n.*

602. Eclipse, matt rosalila. *h.*

604. Mons Rougeot, karmin violett. *h.*

606. Mons Bercand, karmin mit violettem
Reflex. *m.*

607. Vice-Président, karminviolett. *n.*

609. Flambeau, chromgelb mit scharlachrother Einfassung. *n.*

612. Attraction, Grund weiss mit violett
gestreift. *m.*

613. Paradise Williams, karmoisin. *m.*

614. John Powel, weiss, purpur violett
eingefasst *h.*

615. Jeanne d'Arc, schneeweiss. *m.*

616. Blanch, weiss. *m.*

617. Soeur Anne Marie, reinweiss. *h.*

618. Virginalis, reinweiss. *m.*

619. Oriflamme, kapuzinerroth. *m.*

620. *Caesar, ponceau scharlach. *n.*

621. Cameleon, orange mit weissen Spitzen, extra. *m.*

624. Neue Perle, prachtvoll reinweiss. *n.*

Nro.

626. * Zwerg Planet, prachtvoll zinnober
orange. *n.*

627. Adèle, blasslila mit weissen Spitzen. *m.*

628.*Av. Winterfeld, weinroth m. orange. *m.*

631. Brunette, hellzinnober scharlach. *n.*

632. *Deutsche Tricolore, weiss, rosa
und gelb. *m.*

633.*Emil Brachvogel, hellschwefelgelb. *n.*

634. Ed. Moericke, fleischfarb rosa gestreift. *n.*

635. Flossy Girl, fleischfarb purpurviolett eingefasst. *h.*

636. *Franz Abt, purpur mit weissen
Spitzen. *m.*

639. Ferd. Asmus, amarant violett. *m.*

642. Gotthilf Dirr's Liebling, orange
lachsfarb mit rosa Spitzen. *n.*

643. George Heskiel, sammtig dunkelbraun. *m.*

644. *Gartendirector Jühlke, rubinroth,
weiss genetzt. *m.*

646. Gruss an Moskau, rosa, weiss genetzt. *m.*

648. Gruss an Ratzdorf, gelb. *n.*

649. Henri Gramail, scharlach purpurroth. *m.*

650. Heinrich Heine (Sk.), brillant zinnober mit weissen Spitzen. *n.*

651. *Heinrich Biehl, eiergelb. *m.*

653. Henri Heyne (Degen), goldgelb mit
karmoisin Spitzen. *n.*

655. Jean-Bart, orange rosa mit weissen
Spitzen. *h.*

658. Karl Teschner, weisslich gelb. *m.*

660. *Licht von Elsterthal, safran orangeroth, extra. *m.*

663. Le Mousquetaire, rubinroth. *n.*

664. *Ludwig Hölty, goldgelb mit karmin Spitzen. *m.*

667. Muster von Köstriz, zinnober scharlach. *m.*

669. Mad. Tasse, weisslich rosa, purpur
gestreift. *m.*

672. Model, orange. h.

673. M. Sargeton, karmin orange. *m.*

674. Méphistophélès, dunkel schwarz
purpur. *m.*

677. Pindare, feurig gelb mit roth gestreift und getupft. *n.*

678. Princess of Wales, fleischfarb lila
eingefasst. *m.*

679. Picotée, hellgelb mit violetten Spitzen. *m.*

680. Robert Bär, weisslich violett. *n.*

681. Robert Prutz, silbrig hellrosa lila. *n.*

<table>
<tr><td>

Nro.

682. Richard Sickmann, feurig goldgelb mit karmoisin Spitzen. *m.*
683. Stolze Schneerose, schneeweiss. *m.*
687. Séduction, weiss mit hellrosa Anflug. *m.*
689. Thüringens Schmuck, brillant anilin zinnober, Mitte feurig. *m.*
390. Virginie Cailloux, reinweiss.
691. Velleda, violett kirschroth mit weissen Spitzen. *m.*
692. Virginie Dreyer, reinweiss. *m.*
694. Roi des Nains, hellpurpur. *n.*

</td><td>

Nro.

738. *Général Moltke, sammtig purpur. *n.*
739. Mlle. Jos. Bichler, leuchtend sanftlila mit weissen Spitzen. *m.*
740. Ruthenia, feurig purpurkarmin, innen weiss. *n.*
741. Colibri, Grund gelb mit weiss und rothen Spitzen. *m.*
744. Mad. Rendatler, reinweiss. *m.*
745. Alba multiflora, weiss. *m.*
746. Calypso, brillant scharlach. *n.*
748. Goldmeteor, gelb. *m.*

</td></tr>
</table>

Gewächshaus- und Zimmerpflanzen.

Alles Ausgezeichnete und Neueste enthaltend — s sind Schlingpflanzen, — w lieben während des Winters einen wärmeren Standort im Zimmer oder im Warmhaus, alle andern sind Kalthauspflanzen. Ausgezeichnete Neuheiten sind mit fetter Schrift gedruckt.

<table>
<tr><td colspan="2">1 Stück kr.</td><td colspan="2">1 Stück kr.</td></tr>
<tr><td>Abutilon **Ambroise Verschaffelt**</td><td>30</td><td>**Ageratum** White Tom Thumb</td><td>18</td></tr>
<tr><td>— floribundum</td><td>24</td><td>— **Lassauxii**, schön rothblühend</td><td>15</td></tr>
<tr><td>— **petuniæflorum**</td><td>24</td><td>**Alocasia macrorrhiza** fol. variegatis</td><td>30</td></tr>
<tr><td>— **violaceum** purpureum</td><td>30</td><td>**Alsophila australis**, Baumfarn 1 fl.</td><td>48</td></tr>
<tr><td>— **malvæflorum**</td><td>18</td><td>**Alternanthera** amabilis</td><td>12</td></tr>
<tr><td>— **Montgolfier**</td><td>24</td><td>— amoena</td><td>12</td></tr>
<tr><td>— **brillantissimum**</td><td>18</td><td>— paronichioïdes</td><td>12</td></tr>
<tr><td>— **multiflorum rubrum**, schön</td><td>24</td><td>— spathulata</td><td>12</td></tr>
<tr><td>— **carmineum**</td><td>18</td><td>— versicolor</td><td>12</td></tr>
<tr><td>— **grandiflorum**</td><td>24</td><td>Amaryllis speciosa . 1 fl. bis 1 fl.</td><td>36</td></tr>
<tr><td>— **Lemoinei**</td><td>15</td><td>— vittata rubra, stark . . 1 fl.</td><td>12</td></tr>
<tr><td>— **Manetti**</td><td>15</td><td>**Aralia** capitata . . . . 1 fl.</td><td>12</td></tr>
<tr><td>— Souvenir de Maximilien</td><td>24</td><td>— leptophylla . . . . 1 fl.</td><td>24</td></tr>
<tr><td>— Tonellianum</td><td>18</td><td>— papyrifera</td><td>30</td></tr>
<tr><td>— vexilarium variegatum</td><td>18</td><td>— reticulata . . . . 1 fl.</td><td>12</td></tr>
<tr><td>**Aechmea discolor** . . . 1 fl.</td><td>—</td><td>— **Sieboldii** . . . . 1 fl.</td><td>24</td></tr>
<tr><td>— discolor miniata . . 1 fl.</td><td>12</td><td>— » **foliis albo-marginatis** 1 fl.</td><td>48</td></tr>
<tr><td>— fulgens . . . . 1 fl.</td><td>—</td><td>Ardisia crenulata</td><td>36</td></tr>
<tr><td>— splendens</td><td>48</td><td>Artemisia argentea, schöne Dekorationspflanze</td><td>18</td></tr>
<tr><td>Acacia Lophanta</td><td>15</td><td></td><td></td></tr>
<tr><td>**Achyranthes Verschaffelti**</td><td>12</td><td>— Stelleriana</td><td>12</td></tr>
<tr><td>— **Verschaffelti aurea reticulata**</td><td>12</td><td>Aucuba jap. femina, jung . . 1 fl.</td><td>—</td></tr>
<tr><td>w**Achimenes**, neue</td><td>15</td><td>Azalea indica, in den schönsten neuen</td><td></td></tr>
<tr><td>6 Sorten 1 fl. 24 kr.</td><td></td><td>Sorten von 1 fl. bis 4 fl.</td><td>—</td></tr>
<tr><td>Agathea coelestis foliis variegatis</td><td>15</td><td>6 Sorten Kronenbäumchen mit</td><td></td></tr>
<tr><td>Agave filifera, stark . . . 20 fl.</td><td>—</td><td>Knospen . . . . 6—9 fl.</td><td>—</td></tr>
<tr><td>— **filifera longifolia** . . 20 fl.</td><td>—</td><td>Aphelandra Leopoldii</td><td>24</td></tr>
<tr><td>— schidigera . . . . 20 fl.</td><td>—</td><td>**Bambusa Fortunei** foliis niveo vittatis</td><td>24</td></tr>
<tr><td>**Ageratum azureum Prinz Alfred**</td><td>12</td><td></td><td></td></tr>
<tr><td>— azureum novum</td><td>12</td><td>w**Begonia** argyrostigma</td><td>18</td></tr>
<tr><td>— **Imperial Dwarf**, ½ Fuss hoch, gross, schön und reichblühend, leuchtend blau, sowohl zu ganzen Gruppen wie zu Einfassungen</td><td>15</td><td>— **boliviensis**, prachtv. mit grossen zinnoberrothen, langen, fuchsienähnlichen Blüthen</td><td>24</td></tr>
<tr><td>— Imperial dwarf withe</td><td>18</td><td>— Alexander Bezzanica</td><td>30</td></tr>
<tr><td>— Tom Thumb</td><td>18</td><td>— **Ch. Marc**, extra</td><td>24</td></tr>
<tr><td></td><td></td><td>— **Dædalea**</td><td>24</td></tr>
</table>

1 Stück kr.

Begonia Fürst Wallerstein 24
— gracilis perfecta 24
— hybrida **Duchartieri** 30
— » floribunda 15
— **imperialis** 30
— **Inimitable** 24
— Lapeyrouse 30
— longifolia marmorata 30
— Lorenz Booth 18
— Louis Philippe 24
— Louis Schweitzer, sehr schön . 24
— **Mad. Barba,** extra 30
— » Camille Decanville . . . 36
— » Coulier 30
— » Andrée, schön 24
— » Tauber 30
— » **Chaté, extra** 36
— magnifica 30
— Pearcei 24
— Peltata 24
— rex grandis 18
— sagitata 48
— smaragdina 30
— » **venulosa** . . . 48
— **sulpeltata** nigra 24
— Unique 30
— Saundersii 18
— opulifolia 15
— **Diggswelliana,** schön . . . 15

Diese 3 letzten Sorten sind zur Auspflanzung ins freie Land, wo solche den ganzen
Sommer blühen, besonders zu empfehlen.
Meine prachtvolle Sammlung von Begonien
erhielt bei der Herbstausstellung 1870 den
1ten Preis.

Sämmtliche Begonien gehören zu
den schönsten Dekorationspflanzen
unserer Gewächshäuser und Zimmer. Nach meiner Wahl erlasse ich
6 ältere Sorten zu 1 fl. 12 kr., 6
neue zu 2 fl., 12 neue Sorten zu 4 fl.
Beloperoma pulchella 24
Berberis Darwini 24
w**Bignonia argyrea violascens** . 48
— » **grandiflora** . . . 24
— » rubra 36
— **aurantiaca** 24
— **Princei** coccinea grandiflora . 24
— jasminoides rosea 15
— » alba magna . . . 24
— » splendida . . . 24
w**Boehmeria argentea** 30
Bonvardia Oriana 18
— rosea salmonea 24
— Van Houttei 18
Bryophyllum proliferum, prächtige
Pflanze zur Auspflanzung ins Freie 18
w**Caladium** albo punctatissimum . 48

1 Stück kr.

w**Caladium** argyrites 36
— bicolor 36
— odorum, schöne Blattpflanze 1 fl. —
bis 4 fl. —
— picturatum 36
— Raulini . . . . 1 fl. —
— Smithii 36
— Wrighti 36
— nymphaefolium 24
Calla aethiopica 24
— maculata . . . . 1 fl. 12
Camellia in schönen Sorten, erstarkte
Pflanzen ohne Knospen 6 Sorten
6 fl., 12 Sorten 11 fl., mit Knospen
von 1 fl. 12 kr. bis 4 fl. per St.
Centaurea candidissima, Blattpflanze 18
— **Clementi,** neue 48
— gymnocarpa, Blattpflanze . . 15
Centropogon Lucianus 36
w**Chameranthemum** Beyrichii . . 24
— verbenaceum 24
Chamaerops excelsa . . . . 1 fl. —
— Fortunei, von . . 3—6—15 fl. —
— humilis . . . 48 kr. bis 3 fl. 30
— sinensis, stark . von 3—15 fl. —
Chrysanthemum fruticosum . . . 12
— glaucum 12
— coronarium Sombeum, stark gefüllte Neuheit 24
Cineraria hybrida, in den schönsten
Sorten, 1 Stück 15
6 Stück . . . . . . 1 fl. 12
— **Bariletti,** schöne Neuheit . 24
— mexicana, schön 18
w Clerodendron Balfourdii, schön . 30
— Bungei 18
— speciosum . . . . . . 3 fl. —
w— Thomsonianum 24
— **serotinum** 24
w Clivia nobilis . . . . . . 1 fl. —
Citrus Aurantium, Orangen 1—2 fl. —
Cistus lucidus, schön reichblühend . 15
Cissus antarticus, schöne Schlingpfl. 24
w — marmorata, prachtvoll . . . 30
w**Coleus.**

Nro.

2. **Bausei** 12
3. **Berkeleyi** 12
5. **Dixii** 12
6. **Marshalli** 12
8. **Revesi** 12
10. **Saundersii** 12
12. **Wilsoni** 12
14. **Bentley** 12
15. **Candoley** 12
16. **Hendersonii** 12

1 Stück kr.

17. **Marstersii** 12
w Coleus **Verschaffelti** 12
    Nach meiner Wahl 6 Sorten zu
    1 fl., 12 Sorten 1 fl. 48 kr.
Coleus, neue englische Sorten.
18. Albert Victor.
19. Annei.
20. Duc of Edinburg.
21. Grandeur.
22. Her Majesty.
23. Hiramii.
24. Moorei.
25. Prince Albert.
26. Prince of Wales.
27. Coleus Beauty of Widmore.
28. refulgens.
29. Queen Victoria.
30. Williamsei.
    Nach Auswahl erlasse ich 1 Stück
zu 18 kr., nach meiner Wahl 6 Sorten
zu 1 fl. 36 kr., 12 Sorten 3 fl.
Conoclinium grandiflorum 18
Convolvulus mauritianus . . . 15
Coprosma Baueriana variegata . . 36
Corypha australis, eine der schönsten
    Kalthauspflanzen . . . 3—7 fl. —
Correa alba 15
Cuphea platycentra, reichblühend . 12
  — strigulosa 12
s Cobaea scandens 12
w Cycas revoluta . . von 4— 15 fl. —
Cyclamen europaeum 12
  — persicum 36
w **Cyperus** alternifolius 18
  — alternifolius argenteis variegatis 30
  — **Lacour** 24
  — **Papyrus,** Papierstaude . 1 fl. —
w Cypripedium insigne 48
w — barbatum . . . . . . 1 fl. 24
w — venustum 48
w Delechampia Roezli rosea . . 1 fl. 30
Datura arborea 15
  — arborea fl. albo pl. 18
Desmodium racemosum, überdeckt
    sich im September mit purpur-
    rothen Blumen schön 30
Dimorphanthus mandshuricus . . . 36
Dianella revoluta 30
Diosma rubra 15
Doeringia celosioides foliis variegata 18
w Dracaena australis . von 1—10 fl. —
  — in schönen starken 2′ hohen
    Pflanzen, 12 Stück 8 fl., 25 St.
    14 fl., 50 Stück . . . 25 fl. —
  — cannaefolia . . . . 3—5 fl. —
  — congesta . . . 24 kr. bis 1 fl. —
  — **Cooperi** . . . . 1 fl. 12

1 Stück kr.

w **Dracaena Draco,** schön 2—4 fl. —
  — Guilfoylei . . . . . . 5 fl. —
  — indivisa . 1 fl. 24 kr. bis 5 fl. —
  — paniculata . . 36 kr. bis 1 fl. —
  — rubra . . . . 36 kr. bis 1 fl. —
  — terminalis rosea . . . . 1 fl. 12
Nach meiner Wahl 6 schöne Sorten 4 fl. —
Dyckia remotiflora 24
Echites nutans, schön 30
Erica, verschiedene schöne Sorten
    von 24—48 kr.
Echeveria atropurpurea . . . 36
  — macrophylla grandiflora . . . 24
  — metallica 36
  — » glauca 36
  — retusa floribunda splendens . . 24
  — retusa major 24
  — secunda glauca 24
Eupatorium odoratissimum . . . 12
Nr. 1. **Epiphyllum** album violaceum.
* » 2. — roseum amabile.
* » 3. — rubrum carmineum.
  » 4. — Salmoneum flavum.
  » 5. — » grandifl. marginat.
  » 6. — » pallidum roseum.
  » 7. — » rubrum.
* » 8. — spectabile carmineum.
  » 9. — violaceum grandiflorum.
* » 10. — » superbum.
  » 11. — bicolor 18
  » 12. — conspicuum 24
  » 13. — tricolor 18
  » 14. — Harrisoni 18
  » 15. — magnificum 24
  » 16. — Salmoneum 18
  » 17. — superbum 18
  » 18. — Buckerianum.
  » 19. — Gracile.
  » 20. — Russelianum.

Unter allen Zierpflanzen für das Zimmer als Winterflor gehören die Epiphyllum zu den schönsten, reichblühendsten und leicht zu pflegenden Zimmerpflanzen.

Die mit * bezeichneten sind in der illustrirten Gartenzeitung abgebildet.

Für Gärtner ist es eine unentbehrliche Zierde für die Glashäuser wie zum Bouquetgeschäft, da die verschiedenen Sorten vom December bis Februar blühen. Nach Auswahl erlasse ich in schönen kräftigen Pflanzen 1 St. 36 kr. Nach meiner Wahl in verschiedenen Farben 6 Sorten 3 fl., 12 Sorten 5 fl. 48 kr., 18 Sorten 8 fl. 30 kr.

Eranthemum igneum 30
Erythrina Bellangeri 30
  — crista galli 24
  — Hendersoni 24

	1 Stück kr.		1 Stück kr.
Erythrina Marie Bellanger	30	übertrifft an Schönheit die alte	
— floribunda	30	Sorte; im Gewächshaus blüht	
— multiflora	24	sie rosa, im Freien bläulich	80
*w*Eucharis amazonica	36	Hydrangea **Impératrice Eugénie**	24
Eugenia australis	18	— **fimbriata macrophylla**	30
Euphorbia splendens	18	— japonica, stark	15
— jacquiniaeflora	48	— » **rosalba**, schön	24
Fabiana imbricata	18	— » **Sieboldi**, schön	24
Ferdinanda **eminens**, schön	24	— fol. argenteis variegatis	24
Ficus elastica, schöne Blattpflanze,		Jasminum officinalis	24
von 1 fl. bis 3 fl.	—	Jasminum Sambac	24
—　glumacea	1 fl. —	**Jochroma toneliana**	18
Ficus repens	12	**Iresine acuminata**	18
w **Fittonia argyroneura**	24	— **Lindeni**	18
Franciscea Lindeniana, prachtv. 1 fl.	48	Isolepis parlatori	18
Fuchsia, siehe Collection.		— **prolifera**	18
Gazania Le noir	24	Iris fimbriata	18
— splendens	18	Justicia carnea	18
Gastonia palmata	48	Kalmia latifolia	1 fl. —
Genista prostrata	24	*w*Latania borbonica v. 1—2—5—12 fl. —
*w***Gloxinia** in neuen Sorten	24	**Lantana,** siehe Collection.	
6 Sorten 2 fl., 12 Sorten 4 fl.		*w***Lasiandra macrantha** . 30—1 fl. —
ohne Namen verschiedene Farben		Prachtvoll abgebildet im Januarheft der	
6 starke Knollen	1 fl. —	illustrirten Gartenzeitung.	
12 » »	1 fl. 45	Leucophyllum Browni	18
25 » »	3 fl. 24	**Libonia floribunda**	18
Gnaphalium lanatum	12	Lilium **auratum**	2 fl. —
— **tomentosum**, Neuheit	18	— lancifolium album	36
Gymnostachium **Pearcei**	36	— » corymbosum	48
Habrothamnus Bondouxii	15	— » punctatum	1 fl. —
Hebeclinium atrorubens	24	— » roseum	30
— macrophyllum	24	— » rubrum	36
Heliotropium, siehe Collection.		Sämmtliche stark blühbar.	
Hedera algeriensis, Epheu mit sehr		**Lobelia erinus Prince Albert**	12
breiten Blättern	18	— **erecta superba**, schön	12
— **hybernica**, irrländisches gross-		dunkelblaue, prachtvolle, den gan-	
blättriges Epheu zur Dekoration		zen Sommer von Mai bis Novem-	
der Zimmer, wie hauptsächlich		ber fortblühende, zu Einfassun-	
in Anlagen zu Einfassungen zu		gen und Gruppirungen gleichge-	
verwenden, von 12—30 kr., junge		eignete Sorte.	
schöne Pflanzen zum Auspflan-		12 Stück 1 fl., 25 Stück 1 fl. 48
zen zu Einfassungen 100 Stück		— Erinus Kaiser Wilhelm prachtvoll-	
2′ hoch 15 fl.		blau 12 kr., 12 Stück . . 1 fl. 12
— hybernica marmorata	24	— Erinus rosea grandiflora	12
— Helix fol. arg. variegatis	24	— cardinalis carminata	18
— palmata	15	— Empereur des Lobelias	18
— Roegneriana	18	— Queen Victoria	15
Hederocentrum glandulosum	24	— Annihilator	24
Hedychium Gardnerianum	36	Lopezia miniata	12
Hibiscus Armangei	24	*s*Lophospermum coccineum	15
— **Cooperi tricolor**	30	— **spectabile punctatum**	24
— metallicus	30	**Lycopodium** apoda	15
— puniceus	24	— denticulatum	12
— Van Houttei	24	— Hügelii	18
Hoya bella, schön	24	*w***Maranta** eximia	1 fl. —
Hydrangea mutabilis Hortensia, stark	24	— fasciata, schön	1 fl. 30
— mutabilis **Otaksa.** Diese Gattung		— illustris	2 fl. —

	1 Stück	kr.
*w***Maranta** porteana	1 fl.	—
— regalis, stark	1 fl.	—
— **rosea picta,** prachtvoll	2 fl.	—
— Van den Heckei	1 fl.	30
— **vittata**	1 fl.	12
— zebrina	1 fl.	—
— thymifolia elegans		30
Metrosideros semperflorens		24
Micania Lieveralii		30
— scandens		12
Mimulus Coquett		12
— luteus maculatus		12
— Neubertii fl. pleno; schönste gefüllte Mimulus		24
*w*Musa Cavendishi	1 fl.	30
— speciosa	1 fl.	30
— zebrina	3 fl.	—
Myoporum parviflorum		18
Myosotis **Impératrice Elisabeth,** schönstes himmelblaues Vergissmeinnicht		12
Myrosma cannaefolia, schön		36
Myrtus communis flore pleno		24
— microphyllus multiflorus, reichblühendste kleinblättrige		18
Nicotiana wigandioides, Blattpflanze		24
Nierembergia gracilis		12
— **frutescens**		15
Otacanthus coeruleus		24
Pandanus utilis	1 fl.	12
— graminifolius	1 fl.	—
Panicum plicatum foliis niveo vittatis		30
— plicatum maximum		36
— recurvatum		24
— **variegatum**		15
Phytolacca purpurascens		24
Phoenix dactylifera . von 4—10 fl.		—
— **Leonensis,** schön . . 8 fl.		—
Pilea calitrutzoides		18
Pimelia decussata		30
Pincenectitia tuberculata 1—6 fl.		—
Plumbago capensis		18
Phyllocactus crenatus albus		36
— Hoockerii serratus		36
— Gaillardi		36
— grandiflorus		36
— Impératrice Eugénie		36
— Docteur Andry		36
*s*Passiflora, Passionsblume		30
— Beloti		18
— Bijou		36
— **cardinalis**		30
— **coelestina**		24
— coeruléa grandiflora		15
— Comte de Kisseleff		18
— **Impératrice Eugénie**		18
— floribunda		18

	1 Stück	kr.
*s***Passiflora** Laudonii		18
— Madonna, prachtvoll . . 1 fl.		—
— racemosa rubra		15
— **trifasciata**		36
6 Sorten nach meiner Wahl 1 fl.		30
Peristrophe angustifolia fol. variegata		36
Peperomia argyrea, schöne Blattpflanze		24
Phygelius capensis		12
Philodendron atrorubens . . 1 fl.		—
— pertusum . . . . 1 fl.		—
— giganteum . . . . 1 fl.		—
Phormium tenax . 48 kr. bis 4 fl.		—
Phyllophora testicularis, eine der schnellwachsendsten Schlingpflanzen, besonders um natürliche Guirlanden zu ziehen geeignet		12
Plectogyne variegata		36
Pionandra fragrans		30
Polymnia grandis		24
Punica granata von . 1 fl. bis 3 fl.		—
— Legrelli . . . 1 fl. bis 3 fl.		—
Primula chinensis alba pl.		36
Rynchosia albonitens		30
Rhododendron, neuere Sorten mit Knospen . . . . von 2—3 fl.		—
gewöhnliche ponticum mit Knospen von 36 bis 1 fl., 6 Stück 4 fl.		—
Ruellia splendens, reichblühend		18
Salvia azurea grandiflora		24
— cacaliaefolia		12
— Delilliana		18
— Grahami azurea		18
— Herii		18
— **mentiens**		18
— patens		18
— patens fl. albo		24
— **splendens miniata**		18
Saxifraga Fortunei		18
Schizostylis coccinea, schön		18
*w***Sanchezia nobilis variegata**		24
— **spectabilis** fol. var.		30
Scutellaria mociniana, prachtvoll		30
Sedum **Fabaria purpurea,** purpurrosa, viel dunkler wie das schöne S. fabaria		24
Sempervivum Donkelari v. 48—1 fl.		30
Senecio Ghiesbrechti, schön		24
Serissa foetida fol. variegatis		18
Solanum Capsicastrum		18
— **ciliatum,** neu		24
Sonchus laciniatus		24
Stephanotis floribunda . . 1 fl.		30
Syphocambilos bicolor		18
Tacsonia coccinea multiflora		24
— Buchanani . . . . 1 fl.		—
— **Van Volxemii**		24

	1 Stück kr.		1 Stück kr.
Tillandsia amoena	24	**Wigandia** Vigieri, neu und schön	30
— acaulis fol. bruneis	30	Yucca aloëfolia . . 36 kr. bis 1 fl.	—
— » » aureis	30	— glaucescens	30
Torenia asiatica	12	— filamentosa, stark	36
Tradescantia discol. lineata	24	— gloriosa	48
— argentea	12	— » glaucescens, stark 3 fl.	—
Tritonia aurea	18	— aloëfolia fol. variegatis . 2 fl.	30
Tropaeolum elegans	18	— pendula vera . . . . . 1 fl.	36
— Malvina	18	— plicata . . . . 2 fl. bis 3 fl.	30
— Prinz of Wales	18	— quatricolor . . . . . . 8 fl.	—
— Star of fire	12	— recurva . von 48 kr. bis 20 fl.	—
Tricyrtis hirta	18	— Schmitziana . . . . . 15 fl.	—
Urtica macrophylla	30		
Valisneria spiralis	15		

Verbena, siehe Collection.

Verbesina Satorii, Blattpflanze	.	24
Veronica Mlle. Marie Boucharlat	.	12
Viburnum Tinus	.	18
Volkameria japonica	.	24

Wigandia carcassana, eine der schönsten Blattpflanzen, besonders zur Auspflanzung im Sommer sehr zu empfehlen 24

Nach meiner freien Wahl erlasse ich in schönen Zimmerpflanzen hübsche Exemplare ohne Berücksichtigung des Preises 12 Sorten zu 2 fl. 30 kr., 25 Sorten zu 5 fl., 50 Sorten zu 9 fl., 100 Sorten zu 16 fl. Topfpflanzen ins freie Land zu pflanzen, 12 Sorten 2 fl. 12 kr., 25 Sorten 4 fl., 50 Sorten 7 fl. 36 kr.

Hänglampen-Pflanzen.

	1 Stück kr.		1 Stück kr.
Convolvulus mauritianus, mit prächtigen lilablauen Blumen	15	Lycopodium Hügelii, schön	12
Cordyline vivipara	18	— apoda	12
Ficus repens	12	Saxifraga sarmentosa	12
Isolepis gracilis	12	Torenia asiatica	12
— prolifera	12	Tradescantia argentea vittata	15
Lycopodium denticulatum	12	Vinca major foliis variegatis	12

Freiland-Pflanzen.

Auch von den im freien Land ausdauernden Pflanzen habe ich mir alles wirklich Schöne angeschafft und Geringeres aus meinem Sortiment entfernt. Die mit b bezeichneten müssen im Winter leicht mit Laub bedeckt werden.

	1 St. kr.		1 St. kr.
Achillea aegyptiaca	12	Aquilegia alba plena	6
— tomentosa	12	— bicolor plena	6
Aconitum Napellus	6	— Durandi	12
Acorus graminifolius fol. var	24	— glandulosa intermedia	6
Althaea rosea, engl. und schottische Preismalven in verschiedenen Farben 1 St. 6 kr., 12 St. 1 fl., 25 St. 1 fl. 48 kr., 50 St. 3 fl.	30	— glandulosa bicolor	12
		— sibirica rubro violacea pl.	12
		— Skineri	12
— rosea, gewöhnliche gefüllte Malven 3 12 Stück	36	— violacea plena	12
		— vulgaris fl. pl.	6
b Anemone japonica	12	**Armeria spicata rubra,** ebenso schön als Topfpflanze wie fürs freie Land 15 6 Stück 1 fl., 25 Stück 2 fl. 30 kr., 100 Stück . . . . . 8 fl.	—
— japonica alba	12		
— japonica elegans	12		
— japonica Honorine Jobert	12	Arundo Donax foliis variegatis	48
Apocynum androsaemifolium, Mückenfänger	30	Asclepias incarnata	12
		Asphodelus luteus	12
Aquilegia alpina	12	Aster Amellus	12

1 Stück kr.

Aster Datschi, schön 12
— sibiricus 6
— flexilis 6
— grandiflorus 6
-- Mad. Seymier 15
— monstrosus 12
— Sickimensis 12
— versicolor 6
Astrantia carniolica 12
— major 12
Bocconia cordata 12
Betonica grandiflora 6
Campanula carpathica 6
— pyramidalis 18
— grandiflora 12
Chelone barbata 12
— Torey 12
Clematis integrifolia 12
-- erecta 12
Cerastium Biebersteinii 6
Corydalis alba 12
— aurea 12
— formosa 15
*b*Cyclamen europaeum 12
Cyperus longifolius, schöne Grasart 15
Delphinium Admiral 24
— Adolph Schoder 24
— Adolph Weick 24
— azureum pallidum 24
— Hofgärtner Koch 24
— hyacinthiflor. pallidum . . . 24
-- Mad. Kybeli 24
— majesticum 24
-- Président Lincoln 24
-- Ruhm von Stuttgart 30
-- tricolor 24
— Wilhelm Scheurer 30
  Nach meiner Wahl von obigen
  Neuheiten 6 Sorten 2 fl.
    A e l t e r e Sorten.
Delphinium Belle-alliance (Hend.) . 18
— delicatum (Hend,) 18
— **formosum** 15
  6 Stück 1 fl. 12 kr.
— hyacinthiflorum fl. pl. 18
— Jules Bourgeois 18
— magnificum 18
— Mrs. Hoch 18
— Président Porcher 18
  Von obigen älteren Sorten 6 St. 1 fl. 30
Dianthus Caryoph. remont., Rosen-
  königin 36
   Diese schöne, mehrmals blühende Nelke
  erreicht eine ungewöhnliche Grösse. Die
  Farbe ist rosa.

Diclytra spectabilis, schön . . . 12
— **flore albo** 24

1 Stück kr.

Digitalis ferruginea 6
Echinacea intermedia 12
Echinops ruthenica 12
Festuca glauca, schön zu Einfassungen 6
Funkia undulata fol. variegata . . 12
— grandiflora 12
Geranium pratensis fl. pleno . . 15
— **Walichianum,** schön . . . 15
Gnaphalium margeritaceum . . . 6
*b***Gynerium** argenteum 24
  Starke Pflanzen von 30 kr. bis 1 fl. 30
b — arg. Bertin mit grösseren rein
  weissen Dolden 36
b — arg. **compactum** folio vitatis . 48
b — **argenteum foliis argenteis va-
  riegatis** . . . . 1 fl. 12
b — roseum, prachtvolle Neuheit . 36
b — violaceum verum, schön . . 36
b — arg. Wesserlingii fol. var. 1 fl. —
Gypsophila acutifolia, neu 12
— paniculata 12
  12 Stück 1 fl., 25 Stück 2 fl. —
Helleborus niger 18
Helenium Hoopesii 12
Helianthus tuberosus fl. pleno . . 12
Hemerocallis japonica 12
— kwanso 24
Hesperis tristis 6
Hibiscus roseus grandiflorus, schön . 12
Hypericum calycinum, zu Einfassungen und Felsenparthien sehr zu
  empfehlen 15
Hoteia japonica, schöne weissblühende
  Spiraea-Art, vorzüglich zu Bouquets zu verwenden 18
*b*Iris gallica foliis variegatis . . 18
— sussiana 30
Lathyrus latifolius 6
Lavandula vera 12
Lilium lancifolium album, stark . 36
— lancifolium punctatum . . 1 fl. —
— »   **rubrum, stark** . . 36
— »   roseum 30
— longiflorum 12
— candidum 12
— tigrinum 12
Linum perenne 6
Lupinus polyphyllus 6
Lychnis chalcedonica 6
— viscaria fl. pl., rothgefüllte Pech-
  nelke, schön zu Gruppen . . . 6
  12 Stück 48 kr., 25 St. 1 fl. 30 kr.
Lysimachia Ephemerum 12
— nummularia 12
Lythrum roseum superbum . . . 6
*b*Matricaria grandiflora 12
*b*Mentha rotundifolia foliis variegatis 12

1 Stück kr.

Melissa grandiflora 18
Michauxia campanuloides, schön . 15
Monarda didyma 6
Myosotis palustris Goeppingeri,
　　neues weisses, mit himmelblauen
　　Streifen gezeichnetes Vergiss-
　　meinnicht 24
　— **Impératrice Elisabèthe,** schön-
　　stes himmelblau unter allen Ver-
　　gissmeinnicht, überaus reich-
　　blühend, sowohl zu Gruppen wie
　　zu Einfassungen zu verwenden,
　　1 Stück 6 kr., 12 Stück 1·fl.,
　　100 Stück . . . . . . 6 fl. —
Oenothera spectabilis 12
Onobrychis supina 12
Orobus vernus 12
Pentstemon Scouleri 12
Pentstemon, siehe Collection.
Phragmites elegantissima 6
Polygonum Sieboldi 12
Pyrethrum parthenifolium aureum 12
Potentilla Fintelmanii 12
　— Hoopwodiana 12
　— perfecta plena 30
　— ranunculiflora plena 30
　— **Louis Van Houtte** . . . 1 fl. —
　— **Mons. Daudin** . . . . 1 fl. —
　— Victoria 12
Primula auricula, schöne Garten-
　　aurikel 6
　　　12 St. 1 fl., 25 St. 1 fl. 45
　— amoena, grandiflora 36
　— cordusoides 12
　— denticulata 18
　— veris elatior 6
　　　12 St. 48
Rudbeckia aspera 6
Saccharum Ravenae 15
Salvia argentea, schöne Dekorations-
　　pflanze 12
　— gigantea 15
　— japonica, neu 12
Saxifraga Aizoon 6
　— crassifolia 6
　— umbrosa 6
　— trifurcata 6
Sedum Fabaria 12
　— Fabaria foliis variegatis . . 24
　— 　　》　purpurea 24
　— macrophyllum . . . . . · . 12
　— lamifolium 12
　— pulchellum . . . . . · . . 12
　— pumillum . . . . · . . . 6
　— 　》　glaucum 6
　— Sieboldii variegata . . · . 12
Spiraea Ulmaria flore pleno . . . 12 |

1 Stück kr.

Spiraea venusta, rothblühend . . . 15
　— filipendula 6
Solidago humilis, schön 12
Stachys lanata 12
Statice Bessoniana 12
　— incana 12
　— 　》　rubra 12
　— latifolia 12
　— marginata 12
　— reticulata 12
　— speciosa 12
　— sareptina 12
Thalictrum speciosum 18
Tricirtis autumnalis 15
　— hirta 15
b **Tritoma** Burchelii 36
　— **Coperii,** mit prachtvollen Bou-
　　queten hängender, gelb u. schar-
　　lachrother Blumen, ausgezeichnet
　　stark 36
　　in blühbaren Exemplaren zu
　　Gruppen 6 Stück 3 fl., 12 Stück
　　5 fl. 30 kr. Diese prachtvolle
　　Pflanze zog die allgemeine Be-
　　wunderung aller Besucher mei-
　　nes Gartens auf sich.
Veronica argentea 9
　— sibirica 12
Vinca major elegantissima 12
　— major aurea variegata 12
Viola **cornuta,** neues immerblühen-
　　des Veilchen 12
　— odorata coerulea plena . . . 6
　— 　》　Lauchiana, neu . . . 15
　— 　》　**Marie Louise,** dunkel-
　　lavendelblau mit weissem
　　Centrum 12
　— 　》　semperflorens 6 Stück . 15
　— 　》　queen of the violette . 12
　— 　》　semperflorens **The Czar,**
　　schönstes einfaches im-
　　merblühendes Veilchen 6
　　25 St. 1 fl. 48 kr., 100
　　St. 6 fl.
　— palmata 12
　— variegata 12
Yucca glaucescens 24
　— 　》　filamentosa, stark 30
　　Ich erlasse **Freilandpflanzen-**
　　Sortimente nach meiner Wahl
　　aus den schönstblühenden Arten
　　gewählt zur Anpflanzung von
　　Gärten und Anlagen 12 Sorten
　　neuere zu 1 fl. 30 kr., 12 Sorten
　　ältere zu 1 fl., 25 Stück neuere
　　zu 2 fl. 48 kr., 25 ältere zu 2 fl.
　　50 neuere und ältere zu 5 fl.,

Einfassungs-Pflanzen,

Rabatten und Rondells einzufassen.

per Stück kr	per Stück kr.
Bellis perennis, gemischt 100 St. 1 fl. 30	Silene pendula, effectmachend zu Gruppen wie zu Einfassungen 100 St. 48
Myosotis alpestris, 100 St. 48	Viola odorata italica, ächtes immerblühendes Veilchen, 25 Stück . 30
Primula veris, beste englische Sorten, 12 Stück 30 kr., 100 Stück 2 fl. 30	—'The Czar 100 Stück . . . 6 fl. —

Sortimente von Topf- & Freilandpflanzen.

Fuchsia.

Die mit * bezeichneten sind gefüllte Sorten.

Vorzüglichste Neuheiten von 1871.

Nach Auswahl 1 St. 36 kr., 6 Sorten 3 fl. Nach meiner Wahl 6 Sorten 2 fl. 24 kr., 12 Sorten 4 fl. 24 kr., 25 Sorten 8 fl.

Nro.

501. *Deutscher Kaiser (Weinrich), als eine der schönsten gefüllten Fuchsien empfohlen.

502. *Carl Schliessmann (W.), von enormer Grösse mit zurückgeschlagenen rothen Sepalen und prächtig blauer Korolle.

503. Sedan (W.), mittelgross, überaus reichblühend mit glänzendrothen zurückgeschlagenen Sepalen und scharlachrother Korolle.

504. *Prinz Woldemar (W.), grossblumig mit lebhaftrothen Sepalen und dichtgefüllter sammtchocolatbrauner Korolle.

505. *Carl Kahl (W.), reichblühend mit lebhaftrothen zurückgeschlagenen Sepalen mit sammtig schwarzbraun gefüllter Korolle.

506. Graf Moltke (W.), Sepalen prächtig hellroth, Korolle hellblau mit rosa bandirt.

507. Emma Staubach (W.), enorm gross mit glänzend rothen Sepalen mit brillantblauer Korolle.

508. General Werder, mit hellrothen Sepalen und prachtvoller hellrosenrother Korolle, sehr reichblühend.

509. *Victoria (W.), Sepalen feurigroth mit dichtgefüllter glänzend blauer Korolle.

510. Deutscher Kronprinz (W.), vorzügliche früh und reichblühende Marktpflanze mit lackrothen Sepalen, mit leuchtend dunkelrother Korolle.

Nro.

511. *Henriette Weinrich (W.), mit schönen rothen zurückgeschlagenen Sepalen und stark gefüllter hellblau mit rosenroth gestreifter Korolle.

512. Duchesse (Carter), Sepalen weisslichrosa, Korolle purpurviolett, extra.

513. Gazelle, Kelch u. Sepalen scharlach mit breiter blauvioletter Korolle.

514. *Harvest Home, Kelch rosa, Sepalen scharlach, Korolle violettrosa geflammt.

515. Impérial White, Kelch und Sepalen weiss, Korolle rosaviolett.

516. Inimitable, Kelch u. Sepalen scharlach, Korolle schwarzviolett.

517. Little Alice.

518. Little Harry.

519. *Model, Sepalen weinroth, Korolle hellviolett.

520. Mrs. Lyndoe, Sepalen scharlach, Korolle purpurviolett.

521. *Princess of Wales, Korolle weiss mit scharlachrothen zurückgeschlagenen Sepalen.

522. *Purple Prince, Sepalen karmin, Korolle reich violett.

523. Varrior Queen, Sepalen scharlach, Korolle hellviolett, extra.

524. Mrs. Sherley Hibbert, Kelch und Sepalen wachsweiss, Korolle salmenrosa.

525. Beauty of Kent, Kelch und Sepalen scharlach, Koralle dunkel bleifarben.

526. Prince of Wales.

527. *Champion of the World, Sepalen breit, korallenroth, Korolle dunkelstes violett, extra.

528. Amphétrite (Demay).

529. Pygmée (Demay).

530. Confiance (Demay).

531. Resolution (Demay).

532. Prestige (Demay).

533. Marie Weinrich.

534. Cherub (Banks).

Nr o.

535. Globosa multiflora.

536. Turenne.

537. Crown Prince of Prussia, Sepalen feurig scharlach, Korolle rosa violett.

538. Nabob, Sepalen scharlach, Korolle blauviolett.

539. Beacon, Sepalen dunkelrosa, Korolle brillant karmin.

540. Dictator, Kelch und Sepalen korallenroth, Korolle lackviolett.

541. Leah, Kelch und Sepalen weiss mit grosser karmoisin purpurrother Korolle.

542. Leonard (Bull).

543. Monarch, Sepalen feurigroth, Korolle sehr lang amarant violett.

544. *Oracle, sehr gef. und sehr reichblühend, Sepalen brillant karmoisin, Korolle lang purpurviolett.

545. Standard, Sepalen dunkelkarmin, Korolle violett.

546. *Corsaire, Sepalen karmoisin, Korolle purpur.

Fuchsia.

Vorzüglichste der früheren Jahre aus meinem Sortiment ausgewählt.

Nach Auswahl per Stück 12 kr. Nach meiner Wahl 6 Sorten 1 fl., 12 Sorten 1 fl. 48 kr., 25 Sorten 3 fl. 30 kr.

5. Belle Roschellaise. 7. *Blue Beauty. 12. Constellation. 14. *Emilie Lemoine. 17. La Favourita. 19. Lord of the Manor. 24. M. Tagliabue. 25. Nardy frères. 26. *Neptune. 29. *Président Boisduval. 31. *Pyramidalis. 34. *Souvenir de Cornelissen. 35. *Souvenir de Leipzig. 37. *Uranus. 38. *Venus. 39. *Versicolor. 41. Acidalie. 43. Amie Hoste. 46. Bellone. 47. Béranger. 50. *Camille Bernardin. 53. Cymbeline. 54. *Delicata. 55. Diadem. 59. Fantasie. 66. Gloire des Marchés. 67. *Guillaume le Conquérant. 68. *Gipsy Queen. 76. Lucy Mills. 77. Marguerite. 85. *M. Moschkowitz. 86. M. Despond frères. 88. *Pollux. 89. Profusa. 90. Reviver. 91. Roderic Dhu. 100. Lady Heygdesburg. 102. *Majestica. 103. Spectabilis. 107. *Fürstin von Dietrichstein. 109. Erzherzogin Maria Theresia. 110. *Kaiserin von Mexiko. 111. *Spiritus infernalis. 112. *Elegantissima. 116. *Perlenregen. 118. Alexandrina. 119. *Amb. Verschaffelt. 120. Annibal. 121. Arabella. 123. Catherine Parr. 124. *Gerbère. 128. *François Desbois. 129. *Gustave Heitz. 132. *Le Globe. 136. Mad. Thibaut. 139. *Président

Van den Ouwelant. 180. Deutscher Meister. 181. Keteleri. 185. *Mad. Cornelissen. 206. Anton Müller. 210. Brünner Haenschen. 215. Dr. Zawadsky. 222. Mme. Lambert. 225. *Marie Cornelissen. 241. *Wilhelm Pfitzer. 245. *Mastodonte. 251. Comte de Launoy. 287. Universal. 288. *Victor Cornelissen. 317. Goethe. 318. Graziella. 323. *Karl der Grosse. 328. Mad. Tietjens. 329. Mars. 332. Météor. 342. *Ad. Sénéclause. 343. Alba coccinea. 344. A. Willems. 346. Beauty of Clapham. 347. Brennus. 349. Carl Halt. 350. Cherub. 351. *Criterion. 352. Day Dream. 355. Emperor. 356. Erecta. 357. Fascination. 367. Le Nôtre. 368. *Léopold I. 371. Mme. Bruant. 372. Jules Noël. 373. *Maréchal Vaillant. 374. Marie Weinrich. 375. *Marquis de Gerbéviller. 378. *Perfect Curé. 381. Picturata. 382. Princess Alexandra. 386. Sophie Storck. 387. *Surpasse Vainqueur de Puebla. 390. *Abel Carrière. 392. *Baron de Beust. 394. *Diamant. 395. Duchesse de Gerolstein. 396. *Emblem. 397. Empress. 398. Evening Star. 399. Favourite. 400. Garibaldi. 401. Germania. 403. Glocke von Koestritz. 404. *Grand Cross. 405. *Hermosa. 406. Innocence. 407. *Inspector. 408. *Jeanne d'Arc. 409. J. N. Twrdy. 411. *Le père Hyacinthe. 412. Lustre. 413. *Mad. A. Verschaffelt. 415. *Magicien. 416. Maid of Honour. 417. *Marksmann. 418. Master Longfield. 422. *M. C. Gailly. 423. *M. Porcher. 427. *Nelusko. 429. *Président Humann. 430. Princesse Béatrice. 431. Rappée. 433. Ruy Blas. 434. *Saltimbanque. 435. Sappho. 436. Snowdrop. 437. Social. 438. Starlight. 440. Striata perfecta. 441. *Striped unique. 442. Try-me-o. 444. White perfection. 446. *Globosa amabilis.

450. Angelic. 451. *Assembly. 452. Austerlitz. 453. *Avalanche. 454. Delight, Kelch und Sp. weiss, Kor. violett. 456. *Dr. Trembecks. 457. *Enchantress. 458. *Encounter. 459. *Eugène de Camiran. 460. *F. Deak. 461. *Floribunda. 462. François Devos. 463. Général Grant. 464. Générous. 465. *Heater Bell. 466. Hérald. 467. *Havin. 468. *Hogarth. 469. Instigator. 470. Jocelyn. 471. Lamartine. 472. Lurline. 473. *Mariner. 474. Marvel. 475. May Queen. 476. *Monstrose. 477. *Nain-Bébé. 479. Othello. 480. *Perfecta. 481. *Popular. 482. Président. 483. *Priamus. 484. *Rival. 485. Rossini. 486. Souvenir de Kentbright.

487. *Sybil. 488. Taglioni. 489. *Talma.
490. Tinted Vénus. 492. *Troubadour,
493. *Tower of London. 494. Vesta. 495.
Wave of Life. 496. Weeping Beauty. 497.
*Wilh. Scheurer. 498. **Le Chinoise.**

Pelargonium.

Gefüllt blühende Odier.

Nro.	1 Stück kr.

616. G. Pfaffenzeller (Pfaffenzeller)
gefüllt, Grundfarbe karmoisinrosa
mit rosa Rand und schwarzrothen
Flecken auf jedem Blumenblatt 2 fl. 30
617. Gustav Schwab (Pf.) Grundfarbe
karminrosa mit weissem Rand und
schwarzrothen Flecken . . 2 fl. 30
618. Prince of Novelties (Hend) 1 fl. 12

Pelargonium.

Remontant Pelargonium.

601. Apotheker Schrade 36
602. Freund Ebé 30
603. Hofgärtner Rrauu 30
604.   „   Huber 30
605.   „   Kellermann . . . 30
606.   „   Ott 30
607. Oberbürgermeister Heim . . . 36
608. Benoiton 30
610. Glevitzky, neu 36
611. Gloire de Paris 24
612. Ellmenreich, prachtvoll . . . 48
613. Joseph Kramer 48
614. Wilhelm Scheurer 48
   6 Sorten nach meiner Wahl 3 fl. —

Odier et Diadematum.

Neueste.

510. Ajax. 511. Argus. 513. Ch. Klein.
514. Clio. 515. Cybèle. 517. Dr. Haure-
gard. 518. Jason. 519. Mad. Chive.
520. Mad. Lemoine. 521. Prince of Orange.
522. Soeur de Charité. 523. Mad. Jules
Callot. 524. Mad. Dilaisne. 525. Arc-
en-ciel. 526. Amulette. 527. Boileau.
528. Cardinal. 529. Corisandre. 530. Cu-
vier. 531. Etendard. 532. M. Esculier.
533. M. Hamelle. 534. M. Micheaud.
535. Marie Colomb. 536. M. Brogniard.
   Nach Auswahl 1 St. 48 kr. Nach
meiner Wahl 6 Sorten 4 fl.

Neue I. Abtheilung.

418. Anacreon. 419. Anna Duval. 420.
Annette. 424. Brahma. 427. Comte de
Gomer. 430. Decandolle. 431. Espérance.
433. Eugène Guénoux. 435. Fénélon. 437.
Galathée. 438. Glaucum. 440. Mad. Alphonse Fabre. 442. Jupiter. 443. Le Ciel.
446. Lanseceur. 447. Veuve Munier. 448.
Mazeppa. 449. Merimac. 452. Neptune.
454. Odin. 456. Pyrame. 458. Regina
formosa. 460. Séduction. 461. Shiva. 462.
Thétis. 463. Thisbé. 464. Virginie Miellez
Improved. 465. M. Guidon. 466. Surprise.
467. Mira. 469. Guidon. 470. Mad. Tardif.
474. Decision. 477. Figaro. 479. Les Lys.
485. V. Lemoine. 487. Gustav Malet.
490. Président Limburg.
   Nach Auswahl 1 St. 30 kr.
   Nach meiner Wahl 6 Sorten 2 fl. 24 kr.
12 Sorten 4 fl. 36 kr., 25 Sorten 9 fl.

II. Abtheilung.

169. Annibal. 171. Coquette. 173.
Comtesse de Haussonville. 176. Frédéric
Mylius. 179. Général Auger. 180. Mad.
Lemoine. 193. Trakir. 352. Masaniello.
353. M. Rodrigues. 353. Suffren. 359.
Prince Impérial. 360. Belle Esquermoise.
370. Adanson. 371. Archimède. 374.
Bertie. 378. Domino noir. 380. Endymion.
383. Emilie Lebois. 385. Marquise. 386.
Didon. 393. Satan. 394. Trophée. 396.
Henry Jacôtot. 401. Cérès. 403. M. La-
vaux. 404. Magiciene. 405. Mithridate. 407.
M. de Récicourt. 408. M. L. Tisserand.
409. M. Lierval. 412. Souvenir. 413.
Stuart Low. 414. The Moor.
   Nach Auswahl per Stück 24 kr.,
nach meiner Wahl 6 Sorten zu 1 fl.
48 kr., 12 Sorten zu 3 fl. 24 kr.

III. Abtheilung.

7. Gloire de Bellevue. 8. Gust. Odier.
9. James Odier. 24. Egérie. 27. Ferdinand de Lastéyrie. 30. Mad. James Odier.
32. Mad. Leflo. 36. Constance. 54. Hortensia. 57. Lacipède. 58. La Vestale.
68. Napoleon III. 73. Tournefort. 75.
Triomphe. 79. Wilh. Schüle. 81. Diamant.
84. L'avenir. 88. Mad. Domago. 108.
Franklin. 113. Mad. Thibaut. 117. Mol-
lière. 120. Février. 121. Mars. 122. Pan-
dore. 129. Regulus. 140. Perfection. 143.
Alma. 149. Conseiller Desvial. 160. Minerve.
161. Noémie Demay. 162. Pescatorei
superbum. 164. Pomone. 167. Verschaffelti superbum. 168. Virgile, per Stück
15 kr., nach meiner Wahl 6 Sorten 1 fl.
24 kr., 12 Sorten 2 fl. 30 kr., 25 Sorten 5 fl.

Pelargonien.

Englische grossblumige. Auswahl der schönsten Sorten.

203. *Ajax. 208. *Etna. 212. *Leo. 213. Orange magnifique. 214. *Rose Celéstial. 217. *Timon. 218. *Coquette. 220. *Unique. 222. Egide Gavazzi. 224. *Electra. 232. *First of May. 238. Hélène. 252. *Mad. Drouard. 253. *Margaret. 255. Napoleon. 261. Suzette. 264. *Rembrandt. 272. *Violaceum. 274. Triomphe de Candeur. 275. *Tunris. 276. *Ursule. 278. Virginia. 288. *Lagoma. 289. *Lord Major.

Von den mit * bezeichneten, welche ich alle als vorzüglich empfehlen kann, 1 Stück zu 24 kr., 6 Stück zu 2 fl., ohne * 6 Stück zu 1 fl.

Fancy-Pelargonium.

305. Belle étoile. 306. Electra. 311. Musjid. 312. Rachel. 314. Undine. 315. Frédéric Speisser. 317. Erebus. 325. Omer Pascha. 337. *Sarah. 340. *Vulcain.

Von obigen Fantasie erlasse ich 1 Stück 18 kr., 6 Sorten 1 fl. 30 kr.

Pelargonium zonale fl. pl.

Neueste und ältere gefüllte Sorten.

Meine reiche Collection enthält alles was bis heute als schön befunden wurde, ich kann diese prachtvollen Sorten, die sowohl zur Topfkultur wie für das freie Land im Sommer sich eignen, bestens empfehlen. Alles weniger Schöne ist aus meinem Sortiment entfernt.

Nro.		1 Stück kr.
311.	Mad. Lemoine, prächtig rosa	18
321.	M. F. G. Henderson, feurig karmin	18
322.	Tom pouce Marie Lemoine, rosa	30
323.	Wilhelm Pfitzer, niedrig, feurig krapproth	24
324.	Tom pouce Rose, rosa	30
500.	Ascendancy (Bull.), Chinarosa	24
501.	Beauté de Poitevine, zinnoberorange	24
502.	Jean de St. Meaur, zinnober	24
503.	Mlle. Louise Delesalle, rosa	30
504.	Marie Crousse, rosa	30
505.	Mary Elisabethe (Bull.), hellrosa	30
506.	Mons. Fröbel (Lem.), feuerroth	30
507.	» de St. Jean, ziegelkirschroth	30
508.	» de St. Paul, dunkelzinnoberkarmin	30
509.	Rosetta (Bull.), hellscharlach	24
510.	L. Thibaut, dunkelkirschroth	30
511.	Merveille de Lorraine, lackrosa	30
512.	Terre promise, hellzinnoberroth	30
513.	Ville de Nancy, zinnoberrosa	30

Nro.		1 Stück kr.
514.	Victor Lemoine, reich scharlach	36
515.	Albina (Bull.), karmin	30
516.	Anna Carolina, feurigroth	30
517.	Camelliaeflora, karminrosa 1 fl.	—
518.	Conqueror (Bull.), scharlach	30
519.	Delight (Bull)	30
520.	Ernst Benary, scharlach	36
521.	Latona (Bull.), zinnoberscharlach	30
522.	Le naine (Bouch.), hellroth	24
523.	Mad. Bondet. (Aleg.), chinarosa	30
524.	» Boulanger (Boul.), scharlach	24
425.	Major von May, kirschrosa	30
527.	Memnon (Bull.), scharlach	36
528.	National (Bull.), karminrosa	24
529.	Navarino (Bull.), kirschroth	36
530.	Octavie (Bull), scharlach)	36
531.	Roseum plenum (Dem.), prachtvoll rosa	30
532.	Signet (Bull), glänzend karmin	24
533.	Splendour (Bull.), zinnoberroth	36
534.	Sunshine (Bull.), kirschroth	30
535.	Triomphe des Franchises, dunkelkarmin	30
536.	Troubadour (Bull.), scharlach	30
537.	Victor Bull, scharlach mit weiss	36
538.	Victor Smith, zinnoberscharlach	30
539.	Mad. Debray, kapuzinerroth	30
540.	» Michel Buchner (Lem.), feurig salmenrosa 1 fl.	—
541.	Mad. Rudolf Abel (Lem.), dunkelfeurig lackkarmoisin 1 fl.	—
542.	Consul (Bull.), brillantscharlach	36
543.	Emulation (Bull.), scharlach	36
544.	Boucharlat (Rend.), feurig kirschroth, Blumen in Dolden von enormer Grösse 1.	—
545.	Bouquet tous fait, zinnoberorange mit enormen Dolden 1 fl.	—
546.	Gloire des doubles, kirschroth	48
547.	Laurent Delesalle (D.), dunkelponceauroth 1 fl.	—
548.	Marie Rendatler (Rend.), gross sattrosa 1 fl.	—
549.	Mad. Durand (Wz.), dunkelkirschrosa 1 fl.	—
550.	M. le comte de Talou, dunkellachsrosa 1 fl.	—
551.	**Victoire de Lyon,** (Sysley) feurig violettroth, neue Farbe 1 fl.	—
552.	Roi des roses, gefl. zinnoberkarmin 1 fl.	
553.	Pauline Pfitzer (Pfitzer), gross, regelmässig gebaut, leuchtend rosenroth 1 fl.	—
554.	General Werther (P.), hellziegelroth, schön 1 fl.	—
555.	General von der Thann (P.),	

Nro.	1 Stück kr.
niedrig, grossblumigt, feurig rosenroth	1 fl. —
556. Mad. Koch, gross karminkirschroth	1 fl. —
557. Mad. Alt, gross feurig zinnoberrosa	1 fl. —
558. Mad. Ad. Weick, dunkelrosa	1 fl. —
560. Cerise perfection	1 fl. —
561. Clémence Royer, primelnrosa mit violett überhaucht, neue Farbe	1 fl. 24
562. Diadème	1 fl. 12
563. Fleur de Thée	1 fl. 12
564. Général Grant	1 fl. 12
565. Glym	1 fl. 12
566. Gladstone	1 fl. 12
567. Goliath	1 fl. 24
568. Glory of Paris	1 fl. 12
569. Jean Sisley	1 fl. 12
570. Louis Van Houtte	1 fl. 12
571. Mlle. Lilly	1 fl. 12
572. Mlle. Emilia	1 fl. 12
573. Mad. Boutard	1 fl. 12
574. Mad. Boucharlat	1 fl. 12
575. Mad. Ch. Martine	1 fl. 12
576. Mad. Gebhardt	1 fl. 12
578. Resplendissant	1 fl. 12
579. Scepter de Lorraine	1 fl. 12
580. Souvenir de Génève	1 fl. 12
581. Star of Lyon	1 fl. 24
582. Wilhelmine von Verna	1 fl. 12
585. General Scheeler (Pfitzer), in grossen Dolden, die einzelnen Blumen sind Ranunkelartig gebaut von feurig kirschrother Farbe	2 fl. —
586. M. Jules Calot, (Delesalle)	1 fl. 24
587. Faidherbe (Del.)	1 fl. 24
588. Crown Prince (Camell)	1 fl. 24
589. King of the double (Camell)	2 fl. 12
590. Garibaldi (Lem.)	1 fl. 24
591. Mrs. Thiers (Bruant)	1 fl. 24

Nach meiner Wahl erlasse ich in Sorten von 18 bis 30 kr, 6 Sorten 2 fl., 12 Sorten 3 fl. 48 kr, 25 Sorten 7 fl. 30 kr. Von den neuesten Sorten von 36 kr. bis 1 fl. 24 kr. per Stück erlasse ich 6 Sorten 4 fl., 12 Sorten 7 fl. 30 kr., 25 Sorten 14 fl.

Pelargonium zonale.

Immerblühende deutsche Geranium.

Einfache.

Nro.	1 Stück kr.
431. Anna Pfitzer, feurig ponceauroth	24
432. Arlequin, lachsorange mit weiss, lila und rosa gestreift	24
433. Blanche d'Eshongues, helllachsfarb, Auge weiss mit rosa Einfassung, extra	24
434. Gloire de bon St. Martin	24
435. Leonidas	24
436. Georg Beabaudy	24
437. Lord Derby, gross scharlach	24
438. Mauric Richard, chinarosa	24
439. Mme Durenne, noch schöner wie Mlle. Nilsson	24
440. Louise Jaque	24
441. Coquette Delesalle, dunkelrosa mit weiss gestreift	24
442. Mons. Thomas, grossfeurig zinnober	24
443. Toilette de Flora, lachsrosa weiss eingefasst	24
444. Hermann Scheurer, kellkrapproth mit feurig lachsrosa gezeichnet	24
445. De Lesseps, scharlach mit weisser Mitte, grösste Blumen	24
446. Matadore	24
447. Etincelant, gross sammtig feurig scharlach	24
448. Mamouth, zinnoberscharlach	36
449. Johanna Mauch, rein weiss	36
450. Pauline Mayer, dunkelrosenroth	36
451. Mad. Magenau, rosenroth	36
452. Brillant, niedrig Menningroth	36
454. **Deutscher Kaiser** (Pfitzer), leuchtend Menningorangeroth mit silbrig rosenrother Rückseite, Blumendolde 5" im Durchmesser und bis zu 200 einzelne grosse Blumen gebend, extra	3 fl. —
455. **Johannes Keppler** (Pf.), grossblumig mit enormer Dolde von leuchtend ziegelrother Farbe	2 fl. 30
456. Lucie Doertenbach, sanft fleischfarb auf weissem Grund, grossblumigt	1 fl.
457. Abendröthe, orangerosa, heller eingefasst	1 fl. —
458. Schneeballe, reinweiss	1 fl. —
459. Mina Schuler, feurig karmin, reich und grossblühend, niedrig, vorzüglich zu Gruppen	1 fl. —
460. Louis Van Houtte	24
461. Dr. Karl Koch	24
462. Adam Koch	1 fl. —

Nach meiner Wahl 6 Sorten 2 fl., 12 Sorten 3 fl. 48 kr.

Pelargonium zonale.

Beste ältere Sorten.

6. Christian Deegen. 9. Diamant. 11.

Emilie Carré. 14. Hugo Englert. 17.
Helvetia. 33. Ary-Zang. 40. Coquette de
Rueil. 41. Dame blanche. 46. Joigenaux.
51. Le Prophète. 53. Mm. Calot. 55. M.
Durant. 56. Rosebund. 59. Wilhelmine
Weick. 64. Pillar of Beauty. 70. Feu de
Malakoff. 163. Zélie. 197. Eblouissant.
199. Germania. 200. Henriette Bernard.
220. Sebastian Klein. 221. Wilh. Faber.
223. Hauptmann von Hofmeister. 224.
Ruhm von Stuttgart. 225. Notar Stell-
recht. 226. Oberstlieutenant v.Knoerzer.
227. Sophie Widmann. 228. Bertha Pfitzer.
229. Oberbürgermeister Sick. 232. Marie
Mauch. 234. Anna Werner. 235. Pauline
Schickler. 236. August Schuler. 237. Hofgärtner Bühler. 238. Mad. Koch. 240.
Adolph von Rauch. 242. André Henderson. 243. Antoni. 245. Rose incomparable.
250. Belle Hélène. 252. Blanche de Castille.
253. Brennus. 256. Charlotte Corday.
257. Comtesse Pourtalès. 264. Mme.
Aunier. 265. Mme. Ermens. 266. Mme.
Ferrand. 268. Mlle. Marie Van Houtte.
270. Norma. 271. Rubis. 272. Salvator.
273. Vercingetorix. 275. Clémence. 281.
Amélie Hoste. 282. Bouquet parfait.
283. Cérès. 284. Constant Nivelet. 285.
Dérouchette. 286. Docteur Ricci. 287.
Garibaldi. 288. Gloire de Douai. 289.
Gloire des massifs. 290. Gloire des Rouges. 293. Louis Veuillot. 294. Lucie Lemoine. 295. Mme. Barillet. 296. Mme.
Day. 298. Mme. Guérinière. 300. Mme.
Silbermann. 301. M. Bollet. 303. Orbi-
culatum. 304. Punctatum roseum. 306.
Secrétaire Hardy. 307. **Surpasse Beauté
de Suresne.** 333. Crimson Nosegay.
336. Jules Chrétien. 337. Knight of the
garter nosegay. 338. Mlle. Nilson. 340.
Mad. Longfils. 341. Mad. Paul. Hibon.
342. Monseigneur Dupanloup. 343. M.
Klanhold. 344. Président Silbermann.
345. Profusion nosegay. 346. Albert Op-
permann. 348. Beauté parfait. 349. Cornelius. 351. Comte de Mérode. 353 Dr.
Carl Koch. 354. Dr. Muret. 355. Dr. Hogg.
356. Distinction. 357. J. Herincy. 358.
Jean. Bapt. Aldebert. 359. International.
360. Jules Favre. 364. Marquise de Mortemart. 365. Mons. Bruneau. 366. Mons.
Charles Ruillard. 367. Mons. Eug. Buen-
zod. 368. Mons. Steinheil. 369. Président Barberot. 372. Vicomtesse. 373.
Madame Herz. 375. Cupido. 376. Little
Dorit. 377. Dear. 378. Gem. 379. Harry.
380. Pretty Gemina. 382. Tom Tit. 383.
Abbé Roussel. 384. Blackband. 385. Can-

didat. 386. Chanoine W. Mercu. 387.
Colibri. 388. Constant Devred. 389. Dio-
gène. 390. Emile Lemoine. 391. Guards-
mann. 392. Illusion. 393. King of Pinks.
394. L'aurore. 395. Le Wetzel. 396.
Louis Courmont. 397. Mad. Double.
399. Mad. Hoste. 401. Mad. Mezard.
402. Mad. Rouher. 403. Mlle. Amélie
Poitelon. 406. Mimnie Hauck. 305. Mons.
Boulanger. 406. Mons. Bruant. 407. Mons.
Crecourt. 408. Oncle Tom. 409. Pie IX.
410. Président Gardin. 412. Queen of
Roses. 413. Voltaire. 414. Hydrangeae
flora. 415. Mad. Berreau. 416. Delicata.
419. Folette. 420. Henry Binet. 421.
Gladiator. 422. L'avenir. 423. Mad. Liabaud. 424. Oracle. 425. Orphe. 426. Roi
des pourpres. 427. Sunniside. 428. Victor Didier.

Von vorstehenden Sorten erlasse ich
nach Auswahl 1 St. 15 kr.

Nach meiner Wahl 6 Sorten 1 fl.
12 kr., 12 Sorten 2 fl., 25 Sorten 3 fl.
48 kr., 50 Sorten 7 fl. 30 kr.

Pelargonium zonale.

Mit buntem Laub.

Nro.		1 Stück kr.
1.	Bijou	15
2.	Brillant	15
6.	Italia unita, extra	30
7.	Fairy Nymph	15
8.	Flower of the Day	18
9.	Kenilworth	24
10.	King of the variegated	24
11.	Manglesii	15
12.	Mss. Pollock 1 St. 24 kr., 6 St. 2 fl. —	

Diese bekannte auffallend schöne Sorte
ist sehr hart und starkwachsend, besonders zur Auspflanzung zu empfehlen.

14.	Silver queen	15
15.	Cloth of Gold	18
16.	Golden admiration	18
17.	Golden chains	18
18.	Amy	30
21.	Lavinia	30
22.	Picturatum	24
23.	Quatricolor	18
24.	Sunset	18
25.	Anna, prächtig silberbunt	30
26.	Andrea Doria	30
27.	Beauty of Guestwich	30
28.	Constellation	30
29.	Bicolor splendens	24
30.	Countess of Tirconnel	36
33.	Golden Ray	48
34.	Gold pheasant	30
35.	Macbeth	30
36.	Mad. Louise Tisserant	36

Nro.		Nro.
37. Orange Belt 36		55. Marie Hain.
38. Silver Staar 30		56. Marie Nardy.
39. Tricolor 36		58. Momus.
40. Waverley 30		59. Ornatissimum.
41. Sophie Dumaresque 48		60. Pauline Pfitzer.
42. Lady Cullum 48		62. Roi des doubles.
47. E. G. Henderson 36		65. Souvenir Leopold I.
48. Artemus Waard 36		66. Elise Dupont.
49. Miss Beatrice 36		67. Gertrude.
51. Humming Bird . . . . . 1 fl. —		68. Jeanne d'arc.

Ich erlasse hievon ganz nach meiner freien Wahl 6 Sorten 1 fl. 30 kr., 12 Sorten 4 fl.

Calceolaria rugosa.

Strauchartige Calceolaria.

In den schönsten Sorten, die ebensowohl als Topfpflanze wie zu Gruppen im Garten zu verwenden sind.

2. Attracation.
3. Aurea floribunda.
4. Brillant.
5. Coccinea floribunda.
7. Excelsa.
8. Felix Valée.
9. Fénélon.
10. Goliath.
12. Leon Hubert.
14. Mons. Loise.
16. Pulchra.
18. Triomphe de Versailles.
20. Yellow Gem.
24. Prince of orange.
25. Mad. Loise.
26. Perronnie.

Nach Auswahl erlasse ich das Stück zu 18 kr. Nach meiner Wahl 6 Sorten zu 1 fl. 30 kr., 12 Sorten zu 2 fl. 30 kr.

Heliotropium.

Meine schöne Sammlung enthält alle diejenigen Sorten, die durch Verschiedenheit, grosse Blumen und herrlichen Wohlgeruch sich auszeichnen.

Neue Sorten 1870.

34. Alcibiades.
41. Gigantiflorum.
43. Gräfin Leopoldine Thun.
44. Georg Hock.
45. Incomparable.
46. Jules Caesar.
48. Karolus magnus.
49. Kunigunde.
50. Louise.
51. Mad. Blonay.
52. Mad. A. Lemoinier.
53. Mad. Fillion.

69. Illustration.
70. La gracieuse.
71. Mad. Gonod.
73. Azureum.
74. Coelestinum.
75. Emilie Auguier.
76. Louise d'Estrée.
77. L'Egyptienne.
78. Mad. Gonaud.
79. Oracle.
80. Modèle.

Nach Auswahl erlasse ich von diesen Neuheiten à 18 kr. Nach meiner Wahl 6 Sorten 1 fl. 30 kr., 12 Sorten 2 fl. 48 kr., 25 Sorten 5 fl.

Beste ältere Sorten.

2. Duc de la Verdura. 3. Bertha Pfitzer. 4. Mad. Chauvier. 6. Oculatum. 7. M. Michel. 9. Etoile de Bordelaise. 10. Gloire des massifs. 12. Lady Armhurst. 14. Mad. Louise Chaix. 18. Paul Doubeveyer. 19. Ornement des jardins. 20. Voltaireanum. 21. Reine des Héliotropes. 23. Jean Messmer. 31. Baeume de Parterre. 32. Mulâtre. 33. Prince impérial.

Von vorstehenden Sorten erlasse ich ein Stück 12 kr., 6 Sorten 1 fl., 12 Sorten 1 fl. 48 kr.

Lantana.

Neue Sorten.

42. Empereur des Français.
46. Le Grénadier.
48. Roi des rouges.
50. Adolph Weick.
51. Alba lutea grandiflora.
52. Atalante (Demay).
53. Conciliation (Ferrand).
57. Didon (D.).
60. Houfeck.
61. Grandiflora (D.).
64. Mad. Baltet.
65. Marcella (Chaté).
66. M. Boucharlat (F.).
67. M. Roempler (F.).

Nro.

69. Roi des pourpres (F.).
71. Solfatare.
72. Triomphe de Marseille.
73. Cauvin.
74. Cérès.
76. Dom Calmet.
77. Jean Bart.
78. Mme. Hoste.
89. M. Felix Alibert.
82. M. Le Comte de Falloy.
83. Surpasse Domination.
84. Mine d'or.

Ich erlasse nach Auswahl von diesen Neuheiten 1 Stück 18 kr.

Nach meiner Wahl 6 Sorten 1 fl. 24 kr., 12 Sorten 2 fl. 36 kr.

Lantana.

Vorzügliche ältere Sorten. Zur Auspflanzung ins freie Land bestens zu empfehlen.

4. Impératrice Eugénie alba. 7. Mad. Rougier. 8. Non plus ultra. 9. Alba magna. 12. Marmorata. 22. Souvenir de Pecking. 28. Semiplena. 31. Kermesina brunea. 32. Mad. Henry Jacotot. 33. Mad. Turco. 34. Oculata superba. 37. Variegata grandiflora.

Von vorstehenden Sorten erlasse ich nach Auswahl per Stück 12 kr. Nach meiner Wahl 12 Sorten 1 fl. 48 kr.

Petunia.

Von mehreren 1000 Sämlingen ist es mir gelungen, nachstehende prachtvolle Sorten zu erzielen. Sowohl in Form wie in Farbenpracht gehören sie zu den schönsten neuen Erzeugnissen.

Gefüllte.

Nro.

226. Anna Pfitzer, leuchtend blau violett, reinweiss marmorirt und gebändert mit gezahntem Blumenblatt.
227. Anna Schickler, reinweiss mit karmin eingefasst.
228. Friedrich Weiss, riesig grosse gezahnte Blume, hellorangerosa mit silbriger Rückseite.
229. Mad. May, leuchtend roth mit weiss gestreift und eingefasst.
230. Mad. Werlé, hellfleischfarb mit purpur genetzt.
231. Sophie Koelle, leuchtend karminrosa mit starkgefüllten enorm grossen Blumen.
232. Mad. Künstle, reinweiss mit karmin marmorirt, Mitte purpur violett, halbgefüllt.

Nro.

233. Fried. Steiger, röthlich lila, Mitte weiss gefleckt und marmorirt.
234. Mad. Plock, grünlich weiss mit rosa karmin gefleckt.
235. Marie Blum, reinweiss amarant gefleckt.
236. Sebastian Klein, blau violett, weiss marmorirt.
237. Clara Bubeck, reinweiss mit hellviolett gemischt.
238. Mad. Krieger, hellviolett weiss eingefasst.
239. Eugen Held, dunkelviolett mit weiss bandirt, grün eingefasst.
240. Pauline Gmelin, reinweiss mit karmin rother Mitte.
241. Anna Koch, reinweiss mit kleinen rothen Blättchen in der Mitte.
242. Sophie Helmle, grünlich weiss, Mitte rosa.
243. Marie Spring, reinweiss.
245. Theodor Kolb, röthlich violett mit weiss gefleckt.
246. Leopold Wachenberger, rein violett mit gezahnten Blumenblättern.
247. Christian Schmidt, prächtig hellviolett mit gezahnten Blumenblättern.
248. Pauline Schickler, karminrosa, reichblühend, niedrig.
250. Friedrich Demmler, sehr gross, weiss mit amarantvioletter Mitte.
251. Marie Herter, röthlich lila, weiss gefleckt mit amarantrothem Netz.

Einfache.

252. Senator v. Grüning, Grund weisslich rosa, feurig karmoisin bandirt und marmorirt.
253. Dr. Nick, dunkelrosa mit 5 weissen Flecken mit amarantrothem Netz.

Ich erlasse von diesen prachtvollen Neuheiten nach Wahl 1 Stück 1 fl. Nach meiner Wahl 6 Sorten 4 fl., 12 Sorten 7 fl. 30 kr., 25 Sorten 14 fl. Von Mitte April ab 12 Sorten 5 fl., 25 Sorten 9 fl.

Petunia.

Vorzüglichste Sorten früherer Jahre.

Die mit * sind gefüllte, die andern einfache Sorten.

8. *La bronzée. 10. *Mad. A. Dufoy. 18. *Amalie. 53. E. G. Henderson. 55. *Jeanne Pouton. 85. *La candeur. 89. *Marie Wallon. 93. *Souvenir de Léopold I. 94. *Zingara. 104. *Emilie Bernard. 110. *Sénateur de Ladmirault.

Nro.

113. *Surpasse Prince Impérial. 126.
*Elisabeth. 150. Achille Ragon. 152.
*Gloire de Chaltrait. 155. *Soeur Con-
stance. 162. Exposition d'Autun. 166.
Roi des bleus. 171. L'abbé Osseaume.
172. La Lorraine. 184. *Platon. 187.
*Emilie Rafarin. 189. *Canal de Suez.
190. *Eléonore, reinweiss mit violett
getupft. 191. *Mad. de Mazure, rosa
weiss eingefasst. 195. *Jacquard. 196.
*Josephine Scheurer. 197. *La Vierge.
198. *Léon Loprèvote. 199. *Longwy.
200. *Malesherbes. 203. Minerve. 204.
Mad. Gebhard. 205. Mad. Motel. 206.
M. Gazel. 207. *M. Burdin. 208. *Mlle.
Lamblin. 223. *Elise Rochefort. 225.
Wilhelm Pfitzer.

185. Mad. J. Calot. 213. Belisaire. 214.
Brillant. 217. Le Brésilien. 218. Raphaël.
219. Sans pareil. 220. Tapageur. 221.
Ulysse.

Nach Auswahl erlasse ich von vorstehenden Sorten 1 Stück 18 kr., 6 Stück
1 fl. 36 kr. Nach meiner Wahl 6 Sorten 1 fl. 12 kr., 12 Sorten 2 fl. 12 kr.,
25 Sorten 4 fl.

Neueste Verbena.

1872.

**Von mehreren 1000 Sämlingen habe ich nach-
stehende Sorten als das vorzüglichste in Bau und
Farben ausgewählt.**

624. Georg Ulrich, hellkarmin amarant
mit weissem Auge, extra.
625. Anna Peters, dunkellavendelblau
mit grossem weissem Auge.
627. Clara Mayer, leuchtend violett mit
grossem weissem Auge, extra.
628. Max Speidel, gross karminrosa mit
grossem weissem Auge.
629. Anna Schaupert, leuchtend karmin
mit hellblutrothem Stern, extra.
630. Stephan Veith, glänzend hellkorinth-
roth mit grossem weissem|Auge, neue
Farbe.
631. Mad. Prescher, röthlich hellviolett
mit grossem weissem Auge.
632. Mad. Courtin, gross, rein, hellviolett mit grossem weissem Auge.
633. Anna Scheerer, grossbl. blendend
kirschroth mit grossem weissem Auge,
extra.
634. Freifrau von Herrmann, Pensée-
violett mit grossem weissem Auge,
extra.
635. Mad. Louise Horlacher, röthlich
lila mit grossem weissem Auge.

Nro.

636. Frau Gräfin von Arco, orange,
menningroth mit weissem Auge.
638. Auguste Langenbach, gross, reinweiss mit rosa Auge, extra.
639. Freifrau von Ellrichshausen, sanft
fleischfarb, rosenroth mit weissem Auge.
640. Bertha Pfitzer, leuchtend violett
mit röthlichem Schein, das grosse
weisse Auge ist mit schwarz umgeben,
extra.
641. Sedan, zinnoberorange mit grossem
weissem Auge.
642. Mad. Emilie Zeller, karmin mit
weissem Auge.
643. Fr. Gerold, röthlich lila mit grossem weissem Auge.
644. Rosa Lotze, leuchtend korinthama-
rantroth mit grossem weissem Auge,
extra.
645. Pauline Lotze, gross, weiss, gegen
die Mitte rosa mit karmin Auge.
646. Emma Glock, leuchtend karmin,
rosenroth mit weissem Auge von edler
Form, extra.
647. Weissenburg, feurig zinnoberroth
mit grossem weissem Auge.
648. D. Neubronner, kupferrosa mit
weissem Auge, gut gebaut, extra.
649. Hofgärtner Frey, blutroth, gegen
die Mitte amarant mit weissem Auge.
650. Mad. Emilie Ettmayer, gross, sanftrosa mit weissem Auge, extra.
651. Jean Faber, kupferkarmin mit grossem weissem Auge, extra.
652. Mad. H. Schneider, leuchtend hellviolett mit röthlichem Anflug mit
grossem weissem Auge.

Von vorstehenden Neuheiten erlasse
ich vom 1. März ab: nach Auswahl per
Stück 30 kr. Nach meiner Wahl 6 Sorten 2 fl., 12 Sorten 3 fl. 30 kr. 25 Sorten 7 fl.

Vom 1. Mai ab 6 Sorten 1 fl. 24 kr.,
12 Sorten 2 fl. 12 kr., 25 Sorten 4 fl.

Neueste Verbena.

Von Herrn **Wilh. Scheurer** in Handel
gegeben.

**Nach eigener Anschauung in der Blüthe gehören
diese prachtvollen Neuheiten zum schönsten was
im Handel ist.**

661. Mad. Gumpper, lebhaftblau, reichblühend, vorzügliche Gruppenpflanze.
662. Mad. Wilh. Pfitzer, leuchtend helllila mit sehr grossem weissem Auge,
extra.
663. Gruss an Strassburg, feuerroth mit

Nro.

auffallend grossem gelbem Auge und robustem Wuchs, extra Gruppenpflanze.

664. Tricolor, Rand der Blume dunkelviolett, gegen die Mitte lavendelblau mit grossem weissem Auge.

665. Fürst Bismarck, brillant, feurigzinnober mevningroth mit weissem Auge, extra.

666. Sebastian Klein, kirschbraunroth mit dunklem Auge, sehr gross und robust, extra.

667. Mad. Anna Prestinari, brillant, königsblau von robustem Wuchs, gute Gruppenpflanze, extra.

668. Kaiser Wilhelm, lebhaft kirschroth mit heller Mitte, grosse Dolde.

669. Henry Delesalle, dunkelpurpur mit braunroth und sehr grossem weissem Auge, extra.

670. Wacht am Rhein, feurig scharlach, gegen die Mitte dunkler mit grossem weissem Auge, extra.

671. Kaiserin Augusta, dunkel, ultramarinblau mit grossem gelbem Auge, sehr robust, extra.

672. Gustav Heitz, schönstes veilchenblau mit sehr grossem weissem Auge, sehr reichblühend.

673. Dr. Doellinger, braunroth mit gelbem Auge, grossblumigt und robust.

674. Grossherzogin Louise von Baden, weiss mit violettem Auge, sehr gute Gruppenpflanze.

Von vorstehenden 14 Sorten erlasse ich vom 15. März ab. Nach Auswahl 1 Stück 30 kr. Nach meiner Wahl 6 Sorten 2 fl. 12 kr., 12 Sorten 4 fl. Vom 15. Mai ab 6 Sorten 1 fl. 30 kr., 12 Sorten 2 fl. 48 kr.

Verbena.

Vorzüglichste Sorten früherer Jahre.

1. Aurelia. 2. Murillo. 3. Carl Michel. 4. Viola. 5. Carminata. 6. Favorite. 7. Scarlet gem. 8. Simson. 9. Elisa. 10. Sunset. 11. Fellmayer. 12. Ester. 13. Maria. 14. Weisse Frau. 15. Reine des violettes. 16. Monarch. 17. Martha. 18. Mars. 19. Jungfrau. 20. Liebling. 21. Klopstock. 22. Phylomèle. 23. Flore.

24. Theresa. 25. Elisa. 26. A. Lendrich. 27. Leonard. 28. M. Waltert. 29. Euridicé. 30. Lucrece. 31. J. Twerdy. 32. Bruant. 33. Catharina. 34. Mad. Turk. 35. Martha.

214. Blanchette. 250. Merry Maid. 312. Flore. 433. Général Cialdini. 483. Antica memoria. 495. Mutabilis. 513. Laurentius. 514. Carl Heinemann 516. Hofgärtner Courtin. 517. Abondance Nardy. 528. La Foudre. 530. Mad. Barthe. 532. Mad. Calot. 536. Mad. Rochet. 540. Mére. Gigogne. 541. Miss Moll. 545. Mons. Graisset. 553. Velved. Handle. 562. Baron v. Berkholz. 563. Fritz Walz. 564. Baronin v. Venningen. 565. August v. Geert. 566. Pauline Pfitzer. 568. Garteninspector Gireaud. 569. Babette Keller. 570. Garteninspector Goethe. 572. Peter Beeres. 572. Fräulein Amalie Zittel, extra. 575. James Veitsch et Sons. 576. John Frasser. 580. M. Dantier. 581. M. Desaugier. 582. Mlle. Seberon. 583. Mad. Jolivet. 584. Mad. Schickler. 586. M. Roempler. 589. Mlle. Moreau. 590. Mad. Staffel. 593. Beau Parterre. 594. Carnot. 595. Casimir. 596. Clémence Belville. 600. Emotion. 603. Gloire de Lille. 604. Jeanne Nardy. 605. Jules Pacquin. 614. Mme. Gobet-Teintet. 615. Mme. Henry Delesalle. 618. M. Devet fils.

Von diesen vorzüglichen vorjährigen und älteren Sorten erlasse ich nach Auswahl per Stück 12 kr. Nach meiner Wahl 6 Sorten 48 kr., 12 Sorten 1 fl. 36 kr., 25 Sorten 3 fl. 12 kr., 50 Sorten 6 fl.

Zu Gruppirungen

erlasse ich in feurigrothen Sorten 12 Stück zu 1 fl., 25 Stück zu 2 fl., 100 Stück zu 8 fl.

Zu Einfassungen

eignet sich am besten von allen Verbenen die schöne Maonetti, wovon ich 12 Stück zu 1 fl., 25 Stück zu 1 fl. 48 kr. erlasse.

Verbenen-Samen.

Von meiner reichen Collection von Verbenen erlasse ich Samen I. Qualität 5 Gramm 48 kr.

Sortimente von Freilandpflanzen.

Bellis perennis.

Neue Bellis von Herrn Chr. Deegen.

101. Alone. 102. Augustin. 104. Ameline. 106. Clorinde. 107. Rosalba. 108. Rosalinda. 114. Emeria. 115. Hulda. 119. Hermine. 120. Maria. 122. Otilie. 125. Blanda. 126. Antonia. 131. Caroline. 134. Emilie. 135. Dina. 137. Malvina. 138. Meta. 152. Selma. 155. Juliane. 158. Lucinde. 164. Fanny. 165. Susanna. 166. Clementine. 167. Camilla. 168. Clarissa.

Ich erlasse von diesen neuen Bellis 12 Sorten 1 fl. 24 kr., 25 Sorten 2 fl. 36 kr.

Aeltere Sorten.

1. Anna. 2. Aurelia. 3. Albina. 4. Adélaide. 5. Adele. 6. Adélaide Stoperford. 7. Antoinette. 19. Francisca. 23. Prince of Wales. 27. Pourple. 33. Latona. 34. Orestes. 35. Pick Wick. 37. Uranus. 38. Gibsy. 49. Flora. 56. Henriette Lüttich. 67. Frau Gentard. 72. Gräfin Seinsheim. 76. Fräulein Jäger. 77. Mad. Orloff. 78. Alexandre. 79. Albertine. 80. Emmeline. Humboldt. 81. Caroline. 82. Cäcilie Schlegel.

Von vorstehenden Sorten erlasse ich nach Auswahl per Stück zu 6 kr. Nach meiner Wahl 6 Sorten 24 kr., 12 Sorten 48 kr., 20 Sorten 1 fl. 12 kr., 100 Stück ohne Namen 1 fl. 30 kr.

Althaea rosea.

Englische Malven in den schönsten Sorten aus Samen, gemischt 6 Stück zu 36 kr., 12 Stück 1 fl. 12 kr., 25 Stück 2 fl. 12 kr. Gewöhnliche gefüllte Malven in verschiedenen Farben 12 Stück 30 kr., 25 Stück 1 fl., 100 St. 3 fl.

Canna indica.

Meine Collection dieser schönen Pflanze enthält sowohl diejenigen, die sich durch prachtvollen Blätterschmuck wie durch wirklich schöne und grosse Blüthen von den neuenSorten auszeichnen.
Als Gruppenpflanze in Gärten sind solche bestens zu empfehlen.

Nro.		1 Stück kr.
1.	Augusta Ferrier, Blumen orange-rosa	30
2.	Bariletti	48
3.	Bihorelli floribunda	30
4.	— splendens, brillant karmin	36
5.	Daniel Hoybrenk, gelb	24

Nro.		1 Stück kr.
6.	Decandolle	24
8.	Député Hénon, schwefelgelb	36
9.	Eduard Morren, prächtig gelb	1 fl.
11.	Gaboniensis, rosaviolett	36
12.	Gigantea major	24
13.	Gigantea vera	24
14.	Gloire de Nantes	24
15.	Gloire de Lyon	36
16.	Heliconiaefolia	24
17.	Hostei, brillantroth	36
18.	Insignis	24
19.	Iridifolia hybrida	24
20.	Jean Bart	36
21.	Krelagei discolor	24
22.	Lavallei	24
23.	Liliflora robusta	30
24.	Marechal Vaillant	24
26.	Metallica	36
27.	Müllerii	18
29.	Nigricans	36
31.	Premicis de Nice	30
32.	Purpurea perfecta	24
33.	Purpurea hybrida	24
34.	Rendatleri	30
36.	Variegata	48
37.	Violacea superba	30
38.	Warscewiczii	12
40.	— nobilis	24
41.	— nova	24
43.	Zebrina	18
44.	— elegans	24
48.	Prince imperial	1 fl.
49.	Comte de Lambertye	1 fl.
50.	Auguste Joigneaux	1 fl.
51.	Jaques Plantiers	1 fl.

Nach meiner Wahl erlasse ich hievon 6 Sorten zu 2 fl. 12 kr.. 12 Sorten 4 fl. 25 Sorten 7 fl. 30 kr.

Ohne Namen aus älteren Sorten zu Gruppen 12 Stück 2 fl.

Chrysanthemum.

Neue frühblühende Sorten.

350. Aurelia, roth mit gelb getupft.
351. Azzoletta, rosa, im Herzen weiss.
352. Baron d'Ulemberg, dunkelviolett-roth.
353. Cromatella, gelb mit roth getupft.
354. Comtesse de Flotte, rosa mit weissen Punkten.
355. Frédéric Pêlé, rosa.
356. Fibreto, reingelb.

Nro.

357. Mad. de Sabatier, Pfirschenblüth-
farb.
358. Mad. la Comtesse de Mons, weisslich gelb.
359. Mad. Leverrier, rosa und weiss.
360. Marie Lebarbier, chamois. Mitte
weiss.
361. Marseille, rosa.
362. M. Astic, roth mit gelben Punkten.
363. — de Planet, karmin, Mitte gelb.
364. — Ch. Rouillard, weiss in rosa.
365. — de Soulages, feurig roth.
366. Soeur Mélanie, rein weiss.
  Nach Auswahl 1 Stück 15 kr., 6 Sorten 1 fl. 12 kr., 12 Sorten 2 fl.

Chrysanthemum,
**Die mit * sind grossblühende, die mit ** sind
Japanesische und die ohne * sind Pompon-Sorten.**

331. Aurelia (Lebois).
333. Baron d'Ulimber.
335. Marie Lebarbier.
337. Soeur Mélanie.
338. **Chromatella.
340. **G. F. Wilson.
341. **James Salter.
342. **Juno.
343. **Purpurea alba.
346. *Orange Annie Salter.
347. *Princesse Charlotte.
348. Princesse Thyra.
349. Stellaris.
  Nach Auswahl per Stück zu 15 kr.
Nach meiner Wahl 6 Sorten 1 fl. 12 kr.
12 Sorten 2 fl.

Chrysanthemum.
Vorzügliche ältere Sorten.

2. Cinderella. 3. Firefly. 5. Jaques Him-
mes. 7. Le Camöens. 8. Le Docteur Clos.
16. Prometheus. 17. *Saumarez. 18. Saint
Margaret. 21. Vésuve. 28. Golden auror.
29. Golden Bal. 30. *Hercules. 31. *Jago.
36. *Miss Margaret. 39. M. Dix. 40. M.
Turner. 42. Prince of Anemones. 43.
Prince of Wales. 45. Princesse Marguerite. 46. *Quillet beauty. 49. Sun flo-
wer. 50 *Venus. 63. ** La Coquette. 64.
**Louise Honnoraty. 69. *Amabilis. 72.
*Crimson Velvet. 73. *Empress Eugénie.
74. Fulgidum. 75. *Gloria mundi. 76.
*Hencereward. 77. Innocence. 78. *Fairy
Nymph. 79. *Jona. 82. *Latona. 83. Litt-
le Beauty. 85. *M. Gladstone. 86. Prince
Victor. 87. Rose d'amour. 88. Torfrida,
brillant. 99. *Sylvia. 91. Damiette. 92.
Donna Carmen. 93. Lucinda. 95. Soliman.

96. Telitza. 110. Mad. Domage. 144. Hermine. 190. Professor Koch. 304. *Emanuel. 305. *Guernsey Nugget. 306. *Lady.
Godiva. 311. *Princesse of Tech. 314.
**Red. Dragon. 315. **Roseum album.
319. *Ami Feille, 323. *Faust.
  Von vorstehenden Sorten erlasse ich
nach Auswahl 1 Stück zu 12 kr., 6 Sorten 1 fl., 12 Sorten 1 fl. 48 kr., 25 Sorten 3 fl. 30 kr.. ohne Namen 12 Stück
1 fl., 25 Stück 1 fl. 48 kr.

Dianthus caryophyllus.
Topfnelken.

I. Qualität 1 Stück 18 kr., 12 Stück 3 fl.
ohne Namen in den schönsten verschiedenen Farben 12 Stück 1 fl. 12 kr., 25
Stück 2 fl. 12 kr.

Iris germanica.
**Neueste Sorten, halten ohne Bedeckung im freien
Lande und kommen in jeder Bodenart fort.**

  6 Sorten 1 fl., 12 Sorten 1 fl. 48 kr.,
25 Sorten 3 fl. 30 kr., 50 Sorten 7 fl.

Paeonia arborea.

Nro.		1 Stück kr.
1.	Comte de Flandres	1 fl. —
2.	Duc d'Aumale	1 fl. 12
3.	Duc de Rohan	1 fl. 12
4.	Fürst Metternich	1 fl. 12
5.	Kaiser Leopold	1 fl. —
9.	Lamberti	1 fl. 12
12.	Elisabethe	1 fl. 30
14.	Mad. Laffai	1 fl. —
15.	Renzii	1 fl. —
16.	Rosea purpurea	1 fl. —
17.	Van Houttei	1 fl. —
18.	Guillaume III.	1 fl. —
19.	Impératrice Josephine	1 fl. —
20.	Prince Troubetzkoy	1 fl. —
21.	Triomphe de Vandermaelen	1 fl. —
22.	Edwartii	1 fl. —
23.	Emilia	1 fl. —
24.	Moutan	36

  Nach meiner Wahl 6 Sorten 5 fl.

Paeonia chinensis.

  6 schöne Sorten in 6 verschiedenen
Farben 2 fl. 24 kr., 12 Sorten 4 fl. 12 kr.

Pentstemon.
Neue.

40. Alba miniata.
42. Molière.
43. Mad. Barillet.
44. Albert Tardier.

Nro.

45. Alger.
46. Président Brogniart.
47. Christine Nillson.
48. Emile Chaté.
50. Etendart.
52. Franklin.
53. Carvin.
54. Georg Mehl.
55. Socrates.
56. Surprise.
57. Prince Jérôme.
58. Mad. Lebrun.
59. L'Odeon.
60. Faust.
61. Mlle. Adeline Mersey.

Nach Auswahl ein Stück 24 kr. Nach meiner Wahl 6 Sorten 2 fl., 12 Sorten 3 fl. 36 kr.

Pentstemon.

Vorzügliche ältere Sorten.

1. Admiration. 5. Laurence Messin. 10. Ernst Benary. 13. Maria Held. 14. Fascination. 15. Gloxiniaeflorum. 21. Sécretaire Cuzin. 24. Alexander Humboldt. 26. Amazon. 27. Bébé. 32. Jeanne d'Arc. 33. Léonie Vaincleur. 34. Louis Jaudan. 36. Tournefort.

Von vorstehenden älteren Sorten erlasse ich nach Wahl per Stück 12 kr. Nach meiner Wahl 6 Sorten 1 fl., 12 Sorten 1 fl. 48 kr.

Phlox.

Eine der schönsten und dauerhaftesten aller Freilandpflanzen, die in jedem Standort und Boden fortkommt. Im Winter bedürfen sie keinerlei Bedeckung, damit verbinden sie eine beinahe den ganzen Sommer anhaltende Blüthe und sollten, um ihre volle Schönheit zu erhalten, alle zwei Jahre in andern Boden verpflanzt werden. Meine Collection ist eine der reichhaltigsten und schönsten. Meine eigenen Züchtungen können mit den besten französischen rivalisiren. Die Flor war auch im vergangenen Sommer eine überraschend schöne und wurde von allen Kennern bewundert.

Die mit einem * bezeichneten sind in einem prachtvollen Prämienbild für 1872 in der illustrirten Gartenzeitung abgebildet.

Phlox decussata.

Neueste.

Abgebbar vom 1. Mai an.

Nach Auswahl per Stück 1 fl. Nach meiner Wahl 6 Sorten 4 fl., 12 Sorten 8 fl., alle Sorten 10 fl.

Nro.

257. Graf Moltke, zinnoberkarmin mit blutrothem Stern.
258. General von Werder, menningorange mit dunklem Stern.
259. General von Reitzenstein, feurig karmin mit lila Schein.
260. General Graf Schéeler, karminorange mit violettem Schein.
161. Julie Stahlecker, prachtvollrosa mit karmin Stern.
262. Mad. Carl Koelle, sanftfleischfarb, die Hälfte der Blume von der Mitte aus feurig rosa mit sehr grossem armleuchterförmigen Bouquet, extra Neuheit.
263. Carl Diehl, gross, reinweiss mit gelblichem Schein.
264. Chr. Deegen, zinnoberorange mit amarantrothem Stern, extra.
265. General von der Thann, hellrosa, gegen die Mitte feurigkarmin, extra Neuheit.
266. August Schuler, kupferkarmin mit dunklem Stern, niedrig, extra.
267. Germania gross, reinweiss von der Mitte aus mit rosa gezeichnet.
268. General von Obernitz, rosa violett mit grossem blutrothem Stern.
269. Hofgärtner Buggele, violettroth mit dunklem Stern, niedrig.
270. General von Kumer, auroraroth mit dunklem Stern.
272. Oberbürgermeister Sick, feurigrosa mit amarantrothem Auge.

Phlox decussata.

Neue von 1871.

232. Rudolph Brunarius, karminviolett, weiss marmorirt mit blutrother Mitte.
233. Sophie Helmle, bläulich rosa mit feurigem Stern.
234. Bertha Pfitzer, feurig dunkelrosa mit blutrothem Auge.
235. Louise Gerok, dunkellilarosa, weiss getupft mit feurigem Auge.
236. Professor Blum, bläulich karminroth mit ziegelrothem Auge.
237. Felix Müller, nanguingrosa mit gr. blutrothem Auge.
238. Albert Bossert, hellrosa, weiss marmorirt mit rothem Auge.
239. Louise Rühle, reinweiss mit leuchtend rothem Auge.
242. Graf Zichy, sanft lilarosa mit weiss marmorirt.
243. Decan Binder, zinnoberorange mit amarant Auge.

Nro.

244. Wilhelm Hauff, sanftrosa mit grossem blutrothem Stern.

245. Professor Plock, hellkarminrosa mit dunklem Auge.

246. Theodor Mayer, feurig rosenroth.

249. Hofgärtner Lebl, blendend amarant blutroth.

251. Rudolf Goethe, dunkelzinnoberroth mit blutrothem Auge.

252. Albert Wurster, dunkelpurpurrosa, karmoisin marmorirt.

253. Carl Bühler, glänzend dunkelrosenroth.

255. Ludwig von Valois, dunkelviolettroth.

256. Emil Kolb, feurig lachsrosa mit blutrothem Auge.

Nach Auswahl erlasse ich hievon 1 Stück zu 24 kr. Nach meiner Wahl 6 Sorten 2 fl., 12 Sorten 4 fl.

Phlox decussata.

Anerkannt gute ältere Sorten.

Die Farbenbezeichnung ist in meinem Verzeichniss von 1867 zu finden.

12. Léon Lalvée. 13. Mad. Amb. Verschaffelt. 14. Mad. Crousse. 17. Mad. Picoul. 19. Prinzessin von Fürstenberg. 21. Roi des blanches extra. 22. Striata perfecta. 24. Mrs. Grünberg. 26. Erigone. 32. La favorite. 34. Mlle. Van Houtte. 40. Admiration. 42. Surpasse Mad. Fontaine. 43. Mad. Houllet. 45. Claire de Pruines. 47. Liervali. 53. Palmyre. 54. Soulouque. 55. L'orientale. 56. Mad. Forest. 57. Fabia. 58. Rothbart. 59. Conqueror. 60. Bertha Martine. 74. Celina. 75. Docteur François. 76. Edmond 77. Fräulein Deegen. 78. Louis Eisenlohr. 80. Anaïs Forel. 81. Baron Rigau. 82. Jules Delapierre. 83. Juissieu. 86. Rudolph Kull. 88. Victoria. 89. Phidias extra. 91. Aricia. *92 Arthur Fontaine extra. *93. Comte de Lambertye. 94. Docteur Parnot. 95. Mad. Auth. 100. Mad. Thibaut. 101. Souvenir de Soulzmath. 113. Faust. 115. Gretchen. *116. Mad. Mauch. 117. Hofgärtner Frey. 118. Pauline Pfitzer. 119. Paul Hofer. 120. Fr. Fleischmann. 121. Fr. Weiss. 122. Otto Forster. 123. Amtmann Hefty. 124. Hofgärtner Schall. 125. Fr. Hetzel. 126. D. Neubronner. 129. Hofgärtner Zaborsky. 130. Dr. T. Fröhlich. 132. Hofgärtner Müller. 133. Hofgärtner Courtin. 135. Carl Kölle. 136. Freifrau von Göhler.

138. Charles Ritter. 141. L'Orphéon. 142. Don Carlos. 144. Aricie. 151. Vesuv. 152. Brautjungfrau. 153. Franz Buchner. 154. *Hofgärtner Koch. 155. Fürst Wallerstein. 156. Mad. Blezinger. 157. Fr. Enke. 158. Carl Partatscher. 159. Thorwaldsen. 161. Schneeball. 162. Fr. Schiller. 163. Professor Bäumer. 164. Sophie Widmann. 165. Baron Locella. 166. Marie Diehl. 167. Emma Mayer. 171. Mad. May. 173. Mina Schuler. 174. Carl Erbard. 175. Anna. 177. Baron von Valois. 178. Virginie von Turco. 179. Carl Schauffele. 180. Adelina Patti. 181. Amélie Hose. 182. Anaïs. 183. Carl Klein. 185. Ch. Turner. 186. Comtesse de la Panouse. 187. Comtesse de Malard. 188. Eblouissant. 189. Egérie. 190. Emma Louesse. 191. Feuerball. 192. Général Jaqueminot. 193. Marechal Vaillant. 194. Marin Saison. *195. Mathilde. 196. Météore. 197. Minerve. *198. Miss Multon. *199. Moguntia. 200. M. Damaisin. 201. M. Duval. 202. M. Linden. 203. M. Malet. 204. M. Nardy. 205. M. Sazuet. 206. M. Veitsch. 207. Oriflamme. 208. Osiris. 209. Paul Martin. 210. Queen Victoria. 211. Raphaël. 212. Rembrandt. 213. Roi des pourpres. 214. Rosita. 215. Séduction. 216. Virgo Maria. 217. Vulcain. 218. William Bull. 219. Georg Henderson. 220. Henri Dubot. 221. Heigh Low. 222. Jules Chrétien. 223. La Gloire. 224. L'Olympe. *225. Liervalli. 226. Mad. Froment. 227. Mad. Geny. 228. Mad. Gérard. 229. Mad. Marin Saison. 230. Non plus ultra.

Nach Auswahl erlasse ich von diesen schönen Sorten per Stück 18 kr. Nach meiner Wahl 6 Sorten 1 fl., 12 Sorten 1 fl. 48 kr., 25 Sorten 3 fl. 30 kr. Sämlinge ohne Namen in den schönsten Farben zur Auspflanzung von Rabatten und Gruppen 12 Stück 48 kr., 25 Stück 1 fl. 30 kr., 100 Stück 5 fl.

Phlox omniflora.

Neueste.

Nro.

341. Mad. Friedel, weiss mit sanft rosenrothem Anflug, gegen die Mitte helllila.

342. Arlequin, die eine Hälfte der Blumen ist weiss, die andere lilarosa.

343. Louise Garnier, dunkelkarminrosa mit amarant Auge.

344. Anna Schickler, porzelainweiss mit rosa Anflug und dunklem Stern.

1 Stück kr.   1 Stück kr.

345. *Mad. Alt, dunkellila rosa mit rothem Auge.

346. Mad. Paul Dörtenbach, rein schneeweiss mit grossen fimbrirten Blumen.

347. Sophie Murschel, feurig dunkelrosenroth.

348. Marie Herter, weiss mit hellrosa Stern.

350. Louise Mauch, gross niedrig bleibend rein weiss.

351. Marie Blum, weiss mit rosa Schein und' dunklem Stern.

352. Clara Strohmeier, Grund weiss mit lilarosa umflort.

353. *Rosa Teichmann, rosa mit dunkelroth marmorirt.

354. Marie Helmle, lachsrosa, roth genervt mit dunklem Auge.

355. Anna Dieter, dunkelroth.

356. Pauline Fernand, gross dunkelrosa mit weiss.

357. Marie Schroeder, Grund weiss mit aschblau marmorirt.

358. Hermine Brunarius, rosa mit roth marmorirt.

359. Bertha Schweitzer, feurig karminrosa marmorirt.

360. Mathilde Reitz, dunkellila roth.

361. Bertha Beckerhof, feurigkarmin, weiss umsäumt mit dunklem Stern.

362. Mad. Schneider, grossblumig, bläulichroth.

363. Sophie Hummel, reinweiss mit rosenrothem Auge mit gefranzten Blumen.

364. Marie Michell, weiss mit blauem Anflug.

365. Anna Koch, roth mit weiss gebändert.

366. Elvira Ingelbach, aschblau.

367. Pauline Schauppert, feurig dunkelroth.

368. Pauline Schuler, lilaroth, weiss gebändert.

369. Emma Schoettle, rosalila, weiss gefleckt mit dunklem Stern.

370. Emma Glock, rosa, weiss marmorirt.

371. Elise von Schnitzer. Die Mitte der Blumen ist dunkelviolett in weiss auslaufend.

372. Mad. Koch, blau violett mit dunklem Auge.

373. Leonie Pfann, lilarosa, weiss durchflossen.

374. Lucie Dörtenbach, weiss mit dunkelviolett marmorirt.

375. Anna Peters, lila, weiss marmorirt mit dunkelviolettem Auge, schön.

376. Elise Senfft, rosa, weiss marmorirt.

377. Pauline Gmelin, dunkelrosenroth, weiss eingefasst.

378. Charlotte Scheurer, hellaschblau auf weissem Grund.

380. Marie Klein, dunkelroth, weiss eingefasst mit blutrothem Auge.

381. Anna Froelich, bläulich rosa, weiss marmorirt.

382. Laura Lettenmayer, dunkelrosenroth.

Nach Auswahl 1 Stück 24 kr. Nach meiner Wahl 6 Sorten 2 fl., 12 Sorten 4 fl.

Phlox omniflora

neue und ältere in den schönsten Sorten.

301. Adonis, gross, weiss mit helllila.

303. Anatole, dunkelrosa.

304. Belle pyramide, rosa mit purpur Auge.

305. Bossuet, rosamarmorirt.

306. Cambyse, rosa mit karmin Stern.

307. Caméléon, purpur violett.

308. Cariolan, weiss lila gestreift.

309. Général Castelan, prachtvoll rosa.

310. Georg Mehl, dunkelroth.

312. Junon, gross, ächt lila.

313. La Fraicheur, rein weiss, lila rosa gezeichnet.

316. Mad. de Budé, porzellanweiss mit lilarosa umgeben.

317. Mad. Lemoine, centifolienrosa.

318. Mad. W. Pfitzer, weiss mit rosa gezeichnet.

320. Marie Hogart, weiss mit rosa gestreift.

321. Margarite Ponton, weiss u. violett.

322. Mina Weick, weiss mit purpur Auge.

324. Ovide, violettrosa.

325. Panorama, violettrosa mit lila weiss marmorirt.

326. Sans-pareil, schneeweiss mit violettem Auge.

327. Th. Boullant, weiss und rosa.

329. Zebra, schön.

330. Zoé Robert, weiss mit rosa genervt.

332. Van Houttei.

333. Mad. Ingelrelst.

334. Mons. Lambert.

335. Louis Briancourt.

337. Mad. Rendatler, rosa violett mit reinweiss gestreift, extra.

338. Gräfin von Dillen.

340. Omniflora vera.

Nach Auswahl erlasse ich hievon das

1 Stück kr.

Stück zu 18 kr. Nach meiner Wahl 6
Sorten 1 fl. 12 kr., 12 Sorten 2 fl., 25
Sorten 3 fl. 30 kr. Von Phlox omniflora
Sämlinge in den schönsten Farben 12
Stück 1 fl., 25 Stück 1 fl. 30 kr., 100
Stück 5 fl.

Pyrethrum.

Candidum plenum	30
Emil Lemoine, gef. dunkel karmoisin	30
Eximium	24
Impératrice Charlotte	24
Mad. Billard, gef., fleischfarb rosa	24
M. Baral, gef., feurig rosa	30
Mad. Boucharlat	24
Mad. Galli-Marié, dunkelfleischfarb	30
Mad. Calot	30
Montblanc	15
Rose perfection	15
Rubra plena	15

Nach meiner Wahl 6 Sorten 2 fl.

1 Stück kr.

Viola tricolor maxima imperialis.

Neue Kaiser Pensée.

Von diesen prächtigen Neuheiten besitze ich eine Anzahl Stecklingspflanzen
und erlasse hievon per Stück 15 kr.,
6 Sorten 1 fl., 12 Sorten 1 fl. 48 kr.

Viola tricolor maxima.

Grossblühende Stiefmütterchen.
Je länger je lieber (Pensée).

Meine Sammlung von Pensées besteht aus den
neuesten und vorzüglichsten Musterblumen, mit
denen ich solche jedes Jahr bereichere. Als
Frühlingsflor ist diese zierliche Pflanze jedem
Liebhaber bestens zu empfehlen.

Von Ende März an erlasse ich in starken blühenden Pflanzen I. Qual. 6 Stück
in 6 Prachtsorten 36 kr., 12 Stück 1 fl.,
25 Stück 1 fl. 48 kr., 50 Stück 3 fl. 30 kr.,
II. Qualität 12 Stück 36 kr., 25 Stück
1 fl.

Immergrüne Sträucher und Nadelhölzer.

Die mit * bezeichneten müssen im kalten Hause überwintert werden.

Abies lasiocarpa, 3' hoch	15 fl. —
— Nordmanniana, von 36 kr. bis 5 fl. —	
— Pichta	1 fl. —
*Araucaria excelsa	25.—100 fl. —
Cedrus atlantica	36
— Libanii	36
Cedrus Deodora robusta	1 fl. 36
Chamaecyparis argentea	36
*Cryptomeria japonica	24
*Cupressus Lawsoni 24 kr. bis 1 fl. —	
— Lawsoni erecta 36 kr. bis 1 fl. —	
Ginkgo biloba, stark	48
Juniperus Sabina	30
— suecica, schön	36
— hispanica	36
— virginiana	18—36
Libocedrus chilensis	30
Picea Pinsapo	1—4 fl. —
Pinus pumilio, buschig, 3mal ver-	
setzte 48 kr. bis 1 fl. —	
Retinospora leptoclada	1 fl. —
— optusa	36
— pisifera	36
— » aurea	36
Taxus baccata	30—1 fl. —
— hybernica erecta	30

Taxus pyramidalis, schön 2' hoch 1 fl. 30	
Thuja aurea . von 30 kr. bis 2 fl. —	
— starke, schön geformte Exem-	
plare 2' hoch und 2' im Durch-	
messer 3—4 fl. —	
— compacta, von 30 kr. bis 1 fl. —	
12 St., schöne buschige Pflanzen 4 fl. —	
— **gigantea**, 1 bis 2' hoch	48
— » schön 3—4' hoch 2 fl. 30	
— caucasica	48
— ericoides von 18—36	
— falcata	48
— Lobbii	48
— occidentalis, stark, 6' hoch, von	
36 kr. bis 1 fl. —	
— orientalis	24
— plicatilis	24
— recurva nana	48
— Verveneana	36
— Warreana von 30 kr. bis 1 fl. 12	
— orientalis, nepaulensis et tartarica	
2' hoch, 100 Stück 15 fl. —	
3—4' hoch, 100 Stück 25 fl. —	
Thujopsis borealis 30 kr. bis 1 fl. 30	
Wellingtonia gigantea, schöne Samen-	
pflanzen 1—4 fl. —	

Ziersträucher und Bäume.

	1 Stück kr.
Aesculus Hippocastanum fl. rub. hoch	48
— Hippocastanum fl. albo, hoch	30
— extra starke Bäume für Wirth- schaftsgärten . . . 1 St. 1 fl.	—
— Hippocastanum fl. albo, pl. hoch	48
Acer Negundo, stark	24
— negundo fol. var., schöne Hoch- stämme . . . . . 1 fl.	—
Ailanthus glandulosa, hoch, Götter- baum	30
Alnus imperialis asplenifolia	48
Amygdalus camelliaeflora	36
Aucuba japonica	24
— jap. latimaculata	48
— » femina . . . . . 1 fl.	—
Azalea pontica . . . . von 24—48	
— pontica, in neuen Sorten mit Blütheknospen . . . . . 1 fl. 12	
6 Stück in 6 Sorten 6 fl.	—
Berberis atropurpurea	18
— Darvini	30
Bignonia Catalpa, hochstämmig	36
Ceanothus albidus	24
— corymbosus	24
— spicatus	24
Corylus atrosanguinea	36
Crataegus macrophylla	30
— oxyacantha alba plena	24
— » nova foliis varieg.	30
» purpurea	24
— » rosea	24
— » rubra plena	24
— » ruberrima plena	30
— » punicea	24
— » punicea plena	36
— » Sesteriana fl. pl.	30
— » californica	24
— » Gumpperi bicolor	24
— » pendula fol. varieg.	30
Crataegus oxyacantha tomentosa	30

Unter allen schönblühenden Sträuchern zeichnen sich die gefüllten Crataegus durch die Dauerhaftigkeit, mit welcher sie jedem Winter trotzen, sowie durch die herrlichen Bouquete ihrer reizenden Blumen aus. Sie nehmen mit jedem Boden vorlieb und gedeihen in jeder Lage.

	1 Stück kr.
Cytisus Alschingeri, schön hochstämm.	36
— Adami, hochstämmig	30
— Gumpperii, hochstämmig	30
— Laburnum, stark	18
— junge 3′ hohe Pflanzen, 12 St. 1 fl.	30
100 St. 10 fl.	—
Deutzia crenata fl. pl., prachtvoll	15
— **crenata purpurea plena**	24

	1 Stück kr.
Deutzia **Fortunei**	24
— gracilis	12
Fagus atropupurea . . . 1 fl.	—
Fraxinus pendula, Traueresche, hoch	48
Forsythia viridissima, schön	15
— suspensa	18
— Fortunei	30
Ginkgo biloba, stark	48
Hibiscus syriacus, verschied. Farben	18
Juglans fertilis, neue Zwergnuss, die schon als kleiner Strauch Früchte trägt	30
Koelreuteria paniculata	15
Ligustrum Ibota	18
— amurense	24
Platanus orientalis, hoch	48
— oxidentalis, schöne Hochstämme à	48
12 Stück 8 fl.	—
extra stark 1 Stück 1 fl.	—
Platycrater Sieboldi	36
Populus italica, höchst stark	24
12 Stück 4 fl.	
— italica, schwache	18
12 Stück 3 fl.	
— alba nivea laciniata, schönste Sil- berpappel, hoch	36
Prunus **sinensis fl. albo pl.**	18
— sinensis rosea pl.	24
— **triloba, neu, stark**	36
— triloba, schöne Hochstämme 1 fl.	—
Philadelphus grandiflorus	12
— grandiflorus speciosissimus	24
— semiplenus	24
— columbinus floribundus	24
— cochleatus	24
— cuspidatus	24
— globosus	24
— Keteleri fl. pl., neu	24
— Satzumanni	15
— pubescens	15
Pyrus japonica, starke Pflanzen	24
Verschiedene Farben 6 Stück 2 fl. 12 kr., 12 Stück 4 fl.	
Ribes sanguineum	15
Rhus Cotinus	18
— **glabra laciniata,** eine der schön- sten Ziersträucher mit pracht- vollem Laub . . . . . 1 fl.	12
Robinia inermis, hoch	48
— inermis rubra, hoch	48
Salix Baron de Salomon, hoch	30
— Babylonica, Trauerweide	24
— » nirga, gegen jede Kälte unempfindlich, hoch	30

	1 Stück kr.		1 Stück kr.
Salix rosmarinifolia	12	Syringa Marly grandifl.	18
Spiraea ariaefolia	36	— Princesse Camille de Rohan	30
— prunifolia fl. pl.	12	— Triomphe d'Orléans	30
— Billardi, prachtvoll	12	Tamarix parviflora, neu	18
— » longiflora, neu	15	Tilia europaea latifolia, hoch	48
— callosa	15	Viburnum Opulus fl. pl.	18
— » alba	15	Weigelia amabilis, prachtvoll	18
— » semperflorens	18	— amabilis alba	18
— Fortunei macrophylla	24	— hortensis rubra	18
— Menziesi, lebhaftroth	18	— Groenewegenii	18
— **pachystachys**	18	— hybrida	18
— paniculata, sehr schön	18	— **pupurata**	36
— Nobleana	18	— **Stelzneri**, schönste	24
— Thunbergii	18	— striata	15
— Van Houttei	18	— rosea	15
Sambucus nigra flore pleno	18	— » Desboisii	18
Syringa chinensis	12	— » flava	18
— chinensis, Bäumchen	24	— Van Houttei	18
— azurea fl. pl.	30	— Verschaffelti	18
— **Dr. Lindley**	36	Xylosteum Philomelae (Lonicera)	
— Géant des batailles	36	(Siebold). Neuer japanesischer	
— Gloire de Moulins	30	Strauch mit dunkelrothen Blumen	24

Rankende Gesträucher zur Bedeckung von Lauben etc.

Aristolochia Sipho	36	32. **Clematis** viticella Regina	30
Bignonia radicans	15	33. — » rubella	30
— grandiflora	24	34. — » venosa	24
— » atropurpurea	30	35. — » flore pleno	24
— » coccinea	30	Nach meiner Wahl 6 Sorten 2 fl.	
1. **Clematis Amalia**	24	24 kr., 12 Sorten 4 fl. 24 kr.	
3. — amethystina plena	24		
6. — bicolor fl. pleno	24		
8. — Fortunei	30		
10. — Gloire de St. Julien	48	Glycine chinensis	36
11. — Helena	24	sehr stark 6—8' hoch 1 fl.	12
12. — Hendersonii	18	— chinensis fl. alba	1 fl.
13. — hybrida splendida	30	— frutescens magnifica	36
14. — » fulgens	30	Hedera quinquefolia, wilder Wein	6
16. — Jackmanii	30	— **cordata**	12
17. — lanuginosa	30	— algeriensis	18
19. — » candida	24	— Roegneriana	18
20. — Louisa	24	Lonicera atrosanguinea	15
21. — » flore pleno	24	— Douglasi	18
23. — montana grandiflora	30	— foliis aureis reticulatis	18
24. — rubra violacea	30	— gibbosa	18
25. — Sophia	24	— Goldii	18
26. — » flore pleno	30	Periploca graeca, schöne, schnell-	
27. — Standischi	30	wachsende Schlingpflanze	12
28. — Van Houttei	30	12 Stück 1 fl. 48	
30. — viticella modesta	30	**Vitis isabella,** amerik. Weinrebe	18
31. — » purpurea	30		

Da diese prachtvoll blühende Clematis bei mir ohne alle Bedeckung im Freien aushalten, so kann ich solche als schön blühende Schlingpflanzen bestens empfehlen.

Weinreben.

Von vorzüglichen Tafeltrauben der besten Sorten 1 Stück 12 kr., 6 Sorten 1 fl. 12.

Beerenfrüchte und Obstbäume.

Johannisbeeren.

Meine reiche Sammlung von den vorzüglichsten und schönsten Johannis-undStachelbeeren wurde vergangenen Sommer während der Reifezeit der Frucht von allen Besuchern meines Gartens bewundert.

1 Stück kr.

Anglaise à fruit blanc, grosse, süsse, weisse, delikat	12
Attractor, gross, weiss	12
Aegyptische, grosse, späte, rothe	12
Chasselas, grosse, späte, rothe	12
d'Angers à fruit rouge	12
De Bar blanc, extra grosse, weisse	12
De Saint Giles, roth	12
De Canada, weiss	12
Fertilis, sehr reichtragend	12
Fertile de Patuan	12
Fox now red, allergrösste rothe	12
Gloire des Sablons, neue, sehr interessante Sorte, die Früchte sind weiss mit roth gestreift	12
Gondoine, roth mit sehr langen Trauben	12
Groseille cerise, Kirschjohannisbeere mit sehr grossen rothen Früchten	12
— cerise à fruit blanc, Kirschjohannisbeere m. grossen weissen Früchten	12
Holländsiche, grosse, süsse, rothe, delikat, 1 Stück	4
12 Stück 36 kr. 100 Stück 4 fl. —	
— grosse, süsse, weisse, 6 Stück	80
Holländische, grosse, rosenrothe, 1 St.	6
— grosse, gelbe, feine, 1 Stück	12
Impériale blanche, reichtragende, grosse, weisse	12
— rouge, sehr grosse, rothe	12
Kinght's large white, grosse, weisse	12
Caucase	12
Macrocarpa, gross, roth	12
Pourpre rouge hâtive, frühe, rothe	12
Précoce de Tours, frühe, rothe, lange, grosse Trauben	12
Queen Victoria	12
Rouge admirable, schöne rothe	12
Rouge de Lecoque	12
Rubicastel, hellrothe	12
Versaillensis	12
White currant, weisse	12

Neue Johannisbeeren.

Chenonceau	15

1 Stück kr.

De la Rochepozé	15
Eyatt's nova	15
Perle blanche	15
Fertile d'Angère	15
Gros blanche de Boulogne	15
Gros rouge d'Anvers	15

Cassis

mit schwarzen Früchten.

à fruit noir, grosse schwarze Johannisbeere, vorzüglich zu Bereitung von Liqueur, 6 Stück	36
à fruit jeaune, mit grünlich gelben Früchten 6 Stück	36
Black blanc up., allergrösste schwarze	12
Black Naples	12
De Naples	6
Heterophylla	6
Merveille de la Gironde	12
Mutabilis, gelbbraun, delikat	6
Spectabilis, schwarze	6
Willmot's large red., schwarze	12

Nach meiner Wahl erlasse ich 6 ganz neue verschiedene Sorten zu 1 fl., 12 Sorten zu 1 fl. 48 kr., 25 Sorten zu 3 fl., 40 Sorten zu 5 fl., 100 Stück in 10 vorzüglichen Sorten zu 6 fl.

Neue Himbeeren.

Cäsar, roth, prächtig, feinschmeckend 1 Stück 12 kr. 6 St.	1 fl. —
Surpasse Fastolf mit grossen runden, rothen, feinschmeckenden, süssen Früchten, starkwachsend und reichtragend. Es ist dies die schönste unter allen mehrmals tragenden rothen Himbeeren, 1 St.	6
12 St. 1 fl., 100 St.	5 fl. —
Surpasse d'automne, mit grossen, feinschmeckenden, gelben Früchten, überaus reichtragend und stark remontirend, 1 Stück	12
Surpasse merveille, mit schönen weisslichgelben Früchten, die bei feinem Geschmack die doppelte Grösse der älteren Sorte haben	12
12 Stück 1 fl. 30	
Nonpareil, 6 Stück	1 fl. —
Paragon, 6 Stück	1 fl. —

	1 Stück kr	Nro.

Vicepresident French 18   57. Apollo.
Orange Brinklo 18   59. Budford Gold.
Prince of Wales 18   60. Fox Frunter, grün.
Semperfidelis 12   61. Freecost, gelb.
   6 vorzügliche neue Sorten . 1 fl. —   64. Goliath, grün.
   12 vorzügl. neue Sorten . . 1 fl. 48   65. Green Mountain.
                                                 69. Lobster.

Stachelbeeren

in schönen kräftigen Pflanzen zum Abgeben.

Schönste englische Sorten.

6 Sorten 1 fl., 12 Sorten 1 fl. 48 kr., 25 Sorten 3 fl. 80 kr., 50 Sorten 6 fl., 100 Stück in 50 Sorten 12 fl. —

Nro.
1. Roaring Lion, roth.
2. Glenton Green, grün behaart.
3. Mignonnette, grün.
4. White eagle.
5. Glory of Lancashire.
6. Princess royal.
8. Cottage Girl, grün.
9. Lion, gelb.
10. Jonathan, grün.
11. Griffin.
13. Lady of the manor, gelb.
14. Conquering Herro, roth.
15. Green Gaage, gelb.
16. Overall, roth.
17. Lions provider, roth.
18. Sirop.
19. Elisa.
20. Roland.
21. Bunkershill, gelb.
22. Angler, grün.
23. Alexander, roth.
25. Eagle.
26. Reineclaude de Catoye.
27. Smealing beauty.
28. Bange Europe, roth.
29. Blanche.
34. Charister, grün.
35. Chair blanche, weiss.
36. Grown Rob, rothbehaart.
37. Golden Gourd, gelb.
38. Green Ocean.
39. Hantsmann.
41. Liberty.
42. Poroler.
44. Trafalgar.
45. Darling, gelb.
46. Blanche of Angleterre, weiss.
51. Reine d'Angleterre.
52. Pourpre perfection.
53. Hâtif.
55. Admirable.
56. Ambush.

57. Apollo.
59. Budford Gold.
60. Fox Frunter, grün.
61. Freecost, gelb.
64. Goliath, grün.
65. Green Mountain.
69. Lobster.
71. Mehlburne Herro, gelb.
72. Peacemaker.
73. Prince Boy.
74. Queen Ann.
75. Rattler.
77. Rob Roy.
78. Redmoth's Yellow, gelb.
79. Redmoth's White, weiss.
80. Sally painter, roth.
81. Sir John.
83. Volunteer.
84. Wonderful, roth.
85. Yellow eagle.
86. Yellow, Lion, gelb.

Allerneueste Erdbeeren.

Mad. Monbach (de Jonghe) . 1 fl 12
Sieger von Woerth (Gocske et Sohn) 1 fl. 24
Generalfeldmarschal Moltke (Goethe)
                                     1 fl. 24
Perpetuelle de St. Gilles perfectionée
   (de Jonghe) 48
Kroesus (Goethe) . . . . . . 1 fl. 12

Prestliuge (Erdbeeren).

Neue.

58. Alice Nicholson, orangerosa, Fleisch weiss, zuckerreich . . . 12
57. Ananas perpétuel, mit grossen Früchten, remontirend 6
                     12 Stück 1 fl. —
41. Baron Demann de Linnicke, reichtragend und feinschmeckend . . 12
50. Boule d'or, eine der grössten und schönsten 12
59. Belle de Scéaux, gross, zuckerreich, spät 15
42. Carniola magna, extra 12
60. Docteur Hoog, s. gross, s. spät und reichtragend 18
61. Formosa, früh, vorzügl., zuckerreich 12
43. Haquin, sehr früh und zuckerreich 12
53. Kimberly pine, gross, mittelfrüh 12
62. La bonne aimée, rosa.gr., sehr früh 12
64. M'Radclyffe, gr., spät, orangeroth 18
55. Paysanne, extra früh, gross . . 12
65. Prince George, gross 18
45. Péruvienne, extra 12
56. Sir Hary orange, extra 12

Nro.	1 Stück kr.
66. The Lady, sehr gross u. reichtrag.	12
47. Topsy, mit langen Früchten . .	12
48. Vineuse de Nantes, sehr grosse, späte	12
67. White pine Apple, mit enorm gr. Früchten u. feinem Apfelgeschmack	12
6. Cockscomb, s. gr., zuckerreich, spät, 1 Stück 10 kr., 6 Stück .	48
37. Docteur Nicalse, eine der schönsten und grössten Früchte, 2 Stück .	12
12 Stück 1 fl., 25 Stück 1 fl.	30
26. Globe, gr. u. vorzügl. mit weissem Fleisch, 1 Stück 12 kr., 6 St. 1 fl.	—
27. John Powell, als die feinste aller Erdbeeren in allen Journalen empfohlen, 1 Stück 12 kr., 6 St. 1 fl.	—
31. La fertile, überaus reichtragend, gross und feinschmeckend, 1 St. .	12
6 Stück 1 fl.	—
28. La robuste, gr., sehr reichtragend und früh, 2 St. 12 kr., 12 St. 1 fl.	—
22. La Savoureuse, gross und feinschmeckend, 2 St. 12 kr., 12 St. 1 fl.	—
29. Léonie de Lamberty, reichtragend, sehr gross und feinschmeckend, 2 St. 12 kr., 12 St. 1 fl.	—
30. Lord Clyde, überaus reichtragend, s. gr., mit zuckerreichem, weinigem Geschmack, als ausgezeichnet empfohlen, 2 St. 12 kr., 12 St. 1 fl.	—
12. Lorenz Booth, gross und früh, 2 St. 12 kr., 12 St. 1 fl.	—
32. Modèle, s. gr., 2 St. 18 kr., 12 St. 1 fl.	30
38. Pfund-Erdbeere, ausgezeichnet grosse, 2 St. 12 kr., 12 St. 1 fl.	—
34. Président, reichtrag. gr. früh, feinschmeckend, 2 St. 12 kr., 12 St. 1 fl.	—
35. Princess of Wales (Kinght), früh gr., zuckerreich u. feinschmeckend, 2 St. 12 kr., 12 St. 1 fl.	—
18. Progrès, schöne Neuheit, 2 St. 12 kr., 12 St. 1 fl.	—
19. Quatre saisons Janus, gr. u. feinschmeckend, 4 St. 12 kr., 12 St.	30
36. Sir Joseph Paxton, gr. zuckerreich und sehr wohlschmeckend, 2 St. 18 kr., 12 St. 1 fl.	—
98. Ascot pine Apple	15
69. Avenir	18
70. Belle de Bretonne	15
71. Chatelaine	15
72. James Veitsch	15
73. Mrs. Wilder	15
74. Othello	15
75. Princesse Dagmar	15

Ich erlasse von diesen ausgezeichneten neuen Erdbeeren nach meiner Wahl 6 Sorten je 2 St. 1 fl. 12 kr., 12 Sorten je 2 St. 2 fl., 25 Sorten je 2 St. 3 fl. 30 kr.

Vorzügliche ältere Sorten.

Nro.		1 Stück kr.
1. Auguste Retemeyer	12 St.	18
2. Bouchon	12 »	18
3. Charles favorite	12 »	18
4. Crimson queen	12 »	18
7. Emma	12 »	24
8. Eclipse	12 »	18
9. Filmore	12 »	18
10. Gloria	12 »	30
11. Hero	12 »	30
13. Lucida perfecta	12 »	18
14. Lucas	12 »	30
15. Luesse	12 »	18
16. Munroescarlet	12 »	36
17. Napoléon III.	12 »	30
20. Richard II.	12 »	18
21. Robert Trail	12 »	18
24. Marguerite	12 »	24
25. Nonsuch	12 »	24

39. Goliath, sehr gross und ertragreich, 12 St. 24 kr., 100 St. 2 fl. —

Nach meiner Wahl erlasse ich von älteren vorzüglichen Sorten

	1 Stück kr.
12 Sorten je 2 Stück . . . 1 fl.	—
25 Sorten je 2 Stück . . . 2 fl.	—
100 Stück in 10 besten Sorten 2 fl.	—
100 Stück gemischt ohne Namen 1 fl.	—

Fruchttragende Bäume und Sträucher.

	1 Stück kr.
Hochstämme von Birnen. . . 1 fl.	12
— Kirschen, süsse und saure . .	45
— Aepfel, Pflaumensorten etc. 1 fl.	—
Spaliere von Aprikosen und Pfirschen	36
— und Pyramiden des vorzüglichsten Tafelobstes von Aepfeln, Birnen, Kirschen, Reineclauden und Pflaumensorten, je nach Stärke und Form von 24 kr. bis	36
Frühe rothe August-Haselnuss . .	24
Grösste Lamberts-Haselnuss. . . .	24
— Königs-Mispel	24

Neue Haselnuss.

	1 Stück kr.
Merveille de Bollweiler, die grösste und reichtragendste aller Sorten, mit feinem Geschmack	30
Aveline à grands fruits	30
Praecox de Frauendorf	30
Géant de Halle	36
Impérial de Trébizonde, mit riesigen Früchten . . . . 1 fl.	—
Juglans fertilis, neue Zwergnuss, 1 St.	30
12 Stück 5 fl.	—

<table>
<tr><td>1 Stück kr.</td><td></td><td>1 Stück kr.</td></tr>
</table>

Neueste Birnen.	**Vorzügliche Birnen.**
Beurré de Fromentel, Frucht ziemlich gross, bei der Reife schön gelb, überaus schmelzend, zuckerreich und von allerfeinstem Aroma. Reifezeit November. 1 Stück 42	von den anerkannt besten Sorten.
	Bergamott Espèren 36
	Beurré Hardy 30
	— Maussiou 30
	— Millet 30
Souvenir du Congrès, allergrösste und schönste Sommerbirne, abgebildet in der illustrirten Gartenzeitung. Diese Birne wurde mit dem ersten Preis auf der Pariser Ausstellung gekrönt und ist wegen ihrer aussergewöhnlichen Grösse und Schönheit allen Gartenfreunden zu empfehlen. 1 St. 42 kr., 12 St. 8 fl. —	Devergnies 30
	Doyenne d'hiver 30
	Duchesse d'Angouleme 30
	Des deux soeures 30
	Fondant de la maitre 30
	Général Todtleben 30
	Louise bonne d'Avranche 30
	Marie Guise 80
	Passe Colmar 30
	Seigneur Esperen 30

Nachtrag.

Abbgebbar vom 1. Mai an.

Neue Fuchsia.

Die mit * sind gefülltblühend.

Nro.

547. *Amalia Twrdy.
548. *Autocrat.
549. *Avalanche.
550. Brigade.
551. *Charter.
552. Concile.
553. Duchesse.
554. *Elegant.
555. Elfrida.
556. *Général.
557. *Harry Williams.
558. *Harvest Home.
559. Holloway Rival.
560. Impérial White.
561. Improvement.
562. Josephine.
563. King of the striped.
564. *Koenig von Ungarn.
565. Mantle.
566. Marmion.
567. *Medina.
568. *Misai.
569. *M. Disraeli.
570. Rustic.
571. *Remor.
572. Royal Princesse.

Nro.

573. Umpire.
574. Victor.
575. White Eagle.
   Nach Auswahl 1 Stück 36 kr.
   Nach meiner Wahl 6 Sorten 2 fl. 36.,
12 Sorten 4 fl. 48 kr.

Pelargonium zonale.

Einfache neue.

Vom 1. Mai abgebbar.

463. Bergère.
464. Boquillon.
465. Chevandier de Valdrome.
466. Cyclope.
467. Etna.
468. Flambeau.
469. Lady Hawley.
470. Pantheon.
471. Rambervilliers.
472. Stanstead Rival.
473. Sultan.
474. Tricolor.
475. Volontaire.
476. White Princess.
   Nach Auswahl 1 Stück 48 kr.
   Nach meiner Wahl 6 Sorten 4 fl.

Chrysanthemum.

Neue grossblumige.

Nro.

370. Belle aurora.
371. Distinction.
372. Duke of Edinburgh.
373. Impératrice.
374. Mme. Estienne.
375. Marginatum.
376. Meyerbeer.
377. Miss Hope.

Nro.

378. Mrs. Wreford.
379. Multiflora.
380. Norma.
381. Reine des blanches.

Nach Auswahl 1 Stück 24 kr., alle 12 Sorten 3 fl. 30 kr.

Libonia Penrhosiensis	2 fl. —
Nierembergia gracilis pieta	30
» pallida	30
Veronica blue gem.	24

Pflanzen zur Teppichgärtnerei.

Von Mitte Mai an abgebbar.

	12 Stück.	25 Stück.	100 Stück.
Achillea tomentosa	2 fl. — kr.	3 fl. 30 kr.	—
Achyranthes Verschaffelti	1 fl. 30 kr.	2 fl. 36 kr.	8 fl. —
— aurea reticulata	1 fl. 30 kr.	2 fl. 36 kr.	8 fl. —
Achyrocline Saundersi, niedrig, weiss	2 fl. — kr.	3 fl. 30 kr.	—
Ageratum Imperial Dwarf	1 fl. 24 kr.	2 fl. 24 kr.	8 fl. —
— Imperial Dwarf **White**	2 fl. — kr.	3 fl. 30 kr.	12 fl. —
— Prinz Alfred	1 fl. 12 kr.	2 fl. — kr.	—
— White Thom Tumb	2 fl. — kr.	3 fl. 40 kr.	—
Althernanthera amabilis	1 fl. 12 kr.	2 fl. — kr.	6 fl. —
— amoena	1 fl. 36 kr.	3 fl. — kr.	10 fl. —
— parachonioides	1 fl. 12 kr.	2 fl. — kr.	6 fl. —
— spatulata	1 fl. 12 kr.	2 fl. — kr.	6 fl. —
— versicolor	1 fl. 36 kr.	3 fl. — kr.	10 fl. —
Artemisia argentea	2 fl. — kr.	—	—
Calceolaria Triomphe de Versaille, goldgelb	2 fl. 24 kr.	—	—
Canna, neue Sorten	4 fl. — kr.	7 fl. 30 kr.	—
Cineraria argentea vera	2 fl. — kr.	—	—
— Bariletti	3 fl. 30 kr.	—	—
Centaurea candidissima	2 fl. 24 kr.	4 fl. — kr.	—
— gymnocarpa	2 fl. 24 kr.	4 fl. — kr.	—
Cerastium Biebersteinii	1 fl. 45 kr.	—	—
Coleus, schönste Sorten	1 fl. 36 kr.	3 fl. — kr.	—
Convolvulus mauritianus	2 fl. 24 kr.	4 fl. 36 kr.	—
Gnaphalium lanatum	1 fl. — kr.	1 fl. 48 kr.	6 fl. —
— tomentosum	1 fl. 48 kr.	3 fl. 30 kr.	—
Hedera hybernica, 2′ hoch zu Einfassungen	2 fl. 24 kr.	4 fl. 24 kr.	15 fl. —
Iresine acuminata	1 fl. 36 kr.	3 fl. — kr.	—
— Lindeni	1 fl. 36 kr.	3 fl. — kr.	10 fl. —
Lavendula vera	2 fl. — kr.	—	—
Leucophyllum Brownii	2 fl. 24 kr.	—	—
Lobelia erecta superba	1 fl. — kr.	1 fl. 48 kr.	7 fl. —
Nierenbergia gracilis	1 fl. 36 kr.	3 fl. — kr.	—
— frutescens	1 fl. 36 kr.	3 fl. — kr.	—
Pelargonium zonale, mit buntem Laub	2 fl. 24 kr.	4 fl. 24 kr.	—
Pyrethrum parthenifolium aureum	1 fl. — kr.	1 fl. 48 kr.	6 fl. —
Stachis lanata	1 fl. 12 kr.	2 fl. — kr.	—
Verbena, rothe	1 fl. — kr.	1 fl. 48 kr.	7 fl. —

Inhalts-Verzeichniss.

Samen-Catalog.

I. Gemüse-Samen.

	Seite
1. Kohlarten	1
2. Radies und Rettige	2
3. Wurzel- und Rübensamen	3
4. Zwiebel und Lauch	4
5. Salat-Arten	4
6. Gurken- und Kernsorten	5
7. Spinat und grüne Gemüse	6
8. Erbsensorten	6
9. Bohnensorten	7
10. Küchenkräuter	7
11. Landwirthschaftliche Samen und Spargel-pflanzen	8
12. Neueste Kartoffel	8

II. Blumen-Samen.

	Seite
Collectionen von Aster	9
„ von Levkoyen	11
„ von Zinnia elegans fl. pl.	12
Sommerblumen	12—17
Immortellen oder Strohblumen	17
Schlingpflanzensamen	18
Samen von Topfpflanzen	18
Perennirende Freilandpflanzen	19
Ziergräser	21
Blumensamen-Sortimente	22
Knollen und Zwiebel	23
Gladiolus	23
Neue Gladiolus	24

Pflanzen-Catalog.

	Seite
Neueste Rosen	25
Neueste Rosen von 1870	25
„ „ „ 1869	26
„ „ „ 1867—1868	27
Schlingrosen	32
Dahlien oder Georginen	33
Neueste Zwerg-Dahlien 1871	33
Neue Zwerg-Dahlien zu Gruppen	34
Georginen zur Einpflanzung auf Rasen I. Abth.	34
„ 2. Abtblg, Neuheiten 1871.	35
„ 3. „ „ 1869. 1870.	36
„ 4. „ vorzüglichste ältere	39
Gewächshaus- und Zimmerpflanzen	43
Hänglampenpflanzen	45
Freilandpflanzen	48
Einfassungspflanzen	51
Sortimente von Fuchsia	51
„ „ Odier Pelargonium	53
„ „ Englischen „	54
„ „ Fancy	54
„ „ Pelargonium gefüllt blühenden	54
„ „ „ älteren ½	55
„ „ „ mit buntem Laub	56
„ „ Heliotropium	57

	Seite
Sortimente von Lantana	57
„ „ Petunia	58
„ „ Neueste Verbena	59
„ „ Bellis	60
„ „ Canna	61
„ „ Chrysanthemum	61
„ „ Dianthus, Topfnelken	62
„ „ Iris germanica	62
„ „ Paeonia arborea	62
„ „ „ chinensis	62
„ „ Phlox	64
„ „ Pyrethrum	66
„ „ Viola tricolor	66
Immergrüne Sträucher	66
Ziersträucher und Bäume	67
Rankende Sträucher	68
Weinreben	69
Johannisbeeren	69
Himbeeren	69
Stachelbeeren	70
Prestlinge (Erdbeeren)	70
Fruchttragende Bäume	71
Nachtrag	72
Pflanzen zur Teppichgärtnerei	73